吃的风度

施亮 著

CS
湖南文艺出版社

图书在版编目（ＣＩＰ）数据

吃的风度 / 施亮著. -- 长沙 : 湖南文艺出版社, 2023.7
（生活美学馆）
ISBN 978-7-5726-1255-8

Ⅰ. ①吃… Ⅱ. ①施… Ⅲ. ①散文集—中国—当代 Ⅳ. ①I267

中国国家版本馆CIP数据核字(2023)第110579号

CHI DE FENGDU

吃的风度

作　　者　施　亮

出 版 人　陈新文
出版监制　谭菁菁
责任编辑　刘茁松　李雪菲
出版发行　湖南文艺出版社
经　　销　全国新华书店

印　　刷　长沙鸿和印务有限公司
开　　本　880mm × 1230mm　1/32
字　　数　130千
印　　张　9
版　　次　2023年7月第1版
印　　次　2023年7月第1次印刷
书　　号　ISBN 978-7-5726-1255-8
定　　价　49.80元

如有印装质量问题，请直接与本社出版科联系调换。

馄饨杂说 ⋯⋯⋯⋯ 一四三

小笼汤包之研究 ⋯⋯⋯⋯ 一五三

罗斯福与鸡尾酒 ⋯⋯⋯⋯ 一六〇

黄酒与红酒 ⋯⋯⋯⋯ 一六四

咖啡趣谈 ⋯⋯⋯⋯ 一七八

北京的传统糕点 ⋯⋯⋯⋯ 一八二

京城消夏小吃冰碗与冰盘 ⋯⋯⋯⋯ 一八六

闲话饼干 ⋯⋯⋯⋯ 一九〇

吃零食 ⋯⋯⋯⋯ 一九八

品茗三题 ⋯⋯⋯⋯ 二〇一

饮茶的异化　　　　　　　　二一九

吆喝的艺术　　　　　　　　二二三

三种民间食品的历史考证　　二二七

古典小说中的酒　　　　　　二三三

食蟹之美　　　　　　　　　二三七

蔬食之美　　　　　　　　　二四九

野蔬食趣　　　　　　　　　二五七

先生的餐桌　　　　　　　　二六一

后记　　　　　　　　　　　二七七

吃的风度

　　我母亲擅长烹饪，以前家中时常宴请一些亲朋好友，以文化界人士居多。记得，先父有一友人系世家子弟，他在我家吃饭时并不拘谨，谈笑自若，风度翩翩，可他有一奇癖，伸筷子夹菜只拣眼前的那一盘吃，从不伸筷子夹到旁边一盘。亏得我家有一张可旋转的红木圆桌，父母就经常转动一下桌面，使他也能够多吃几样菜。母亲遂对我们说："看到没有？这是世家的规矩呀。"以前大家庭吃饭就是这样的，尤其不准幼辈伸筷子到长辈眼前的碟子里去。这大概就是礼教传统在中国旧式家庭中的影响吧。

　　中国古代颇注重吃的礼仪，从帝王将相到豪绅世家，及至较富裕的小康之家，上桌吃饭都有种种规矩。经过了新时代一阵阵革命波澜的荡涤，多数规矩已经成了乌有笑谈。到了现代，我们家庭的饭桌上几乎是再没有什么餐饮的礼仪或规矩了。不过，这些年人们又开始注重餐饮礼仪。我正在创作的一部长篇小说，其中就有一段描写，某会所的一位英国贵族出身的礼仪小姐，专门训练一批富豪的"绅士派头"，让他们懂得国际性高级宴会的礼仪。这些轶事，是以前我从一个朋友处听来的。他讲着那些曾经当过红卫兵的大款们，一举一动都受到洋人礼仪小姐的批评，却又只好老老实实地接受她的调教，那些细节是颇含某种历史性讽刺意味的。当然，那种在重重礼仪性束缚下的吃喝，滋味是很难受的。一位外交官就对我说，他最不喜欢的就是参加那些外交宴会，吃的时候要注意举止风度，且边吃边谈话时，头脑要高度清醒灵敏，唯恐说出什么不妥帖的话来。特别是由于所处的外交场合，餐桌上更不能冷场，彼此都是互相没话找话说。此时哪里顾得上品尝美味佳肴？一顿饭时常拉长至三四个小时，更是让人疲惫不堪。他坦白地说，他其实是并不愿意参加这样的宴会的。它是一种工作，并不是享受。因为，那些烦琐的饮食礼仪，限制了人的自由天性，自然也不能给食客带来快乐。

我读赵珩先生的《老饕漫笔》，文笔清雅，趣味盎然。此书颇得饮食文化之精髓。其中有一文《说恶吃》，作者认为，

"恶吃"可分三种，一是不应入馔的环保动物；二是胡吃海塞，奢靡无度；三是饮食环境的恶俗。我很赞成他的观点。吃是一种文化，而真正体现其文化蕴藉的，并不见得就是吃喝者可享受稀有昂贵的食物，或身处富丽豪华的环境，更在于其具备毫不藻饰的怡情悦性心境。这些年来，经济发展了，人们开始注重精致的饮食，宴会也特别多。我也参加过几回所谓高档的宴会，山珍海味，美酒佳肴，觥筹交错，艳姝名士，排场豪奢，有时身后还站着成排的侍者，但是，未见得就能使得筵席中的客人们尽得雅趣，反倒有附庸风雅之嫌。虽然是主客频频敬酒，彼此常是没话找话，或说着连篇废话，彬彬有礼后面却掩盖的是百般无趣，这样的吃喝实在是一桩苦事。还有一些场合，主人为了烘托气氛，就拼命鼓动人们以闹酒为乐，自己也豪饮纵酒，一醉方休，以为主客尽显醉态甚至是丑态，便是最大乐趣。这就是真正的恶俗了。可惜这种"恶吃""恶喝"，竟成为吃喝场上的风气，更是可悲可叹。

其实，"吃的风度"未必就是中规中矩，斯斯文文；也不见得非要设什么繁文缛节方能体现其风雅。文人们时常不耐烦那些礼仪限制，更追求通脱放任的情趣。民国时期，文人间"吃小馆"蔚然成风，大都是邀集三五好友，在有特色的小饭馆里品尝一些较精致的佳肴，互相畅聊一番，更追求随意的氛围与兴味。我看到有回忆鲁迅的一文，写鲁迅与一位学生同路回家，遇一饭摊，便一块儿吃那饭摊制作的荞麦条子。鲁迅幽默地说，就是皇帝老人也未必能享受到如此美味。这亦是另一种优雅。谁能说这位文豪因在饭摊上大嚼平民粗食，便失却了他的风度呢？我亦见何志云君回忆著名作家汪曾祺的一桩趣事，说是一群作家去西双版纳采风，到傣族的露天排档去吃夜宵。汪曾祺老人喝着啤酒，就着烤小鸡，笑得跟孩子一样，还模仿着杭州话，跷一跷大拇指说："哉！真哉！"汪曾祺先生的童趣被表现得淋漓尽致。他的风雅，既不靠循规蹈矩来维持，也不依恃财富权力而显摆，这是一种毫不藻饰的天生气质，也是一种人格。

　　我以为，风度是人的内在修养及素质的体现，"吃的风度"亦是如此。

我的中国胃

    1996年3月至5月底，我去探望在法国留学的妻子付研，在凡尔赛市住了三个月。凡尔赛是巴黎的卫星城之一，这个小城环境优美静谧，常常在街上行走很长时间看不到一个人。街旁处处是绿色草坪，开满了鲜艳的花朵。巴黎多雨，雨后转晴的碧蓝天空无一丝杂云，使人的胸襟极感开阔。我和妻子付研几乎天天在傍晚时散步，穿过楼前的公园草坪，再拐过两条街，走半个多小时，就能溜达到凡尔赛官的后门了。有时，我们还常常走进凡尔赛官的后花园转一转。

    平时，我们在楼下的食堂吃饭。当时食堂里有三个法国老太太厨师，将当天做好的菜放在炉灶上，还把肉、鸡蛋和蔬菜等放在冰箱里，谁要吃就自己做着吃。她们有时制作了一些小点心、面包摆放在餐桌上，另有电咖啡壶里面装满了浓浓的咖啡，人们可以随意取来吃喝。

在那儿吃的头一顿饭，因为从飞机场回到宿舍小楼已经很晚了，妻子付研就在楼下食堂，用黄油为我煎了一块牛排和几个荷包蛋，又炒了一盘生菜，饭后又喝了一杯咖啡，我觉得挺心满意足。我也劝妻子多吃一点儿，她摇一摇头，说如今是闻到了奶腥味道就感到腻味。我觉得很诧异，怎么吃到这些东西还会腻味？"别高兴，"付研苦笑着警告我，"你吃两个星期就会腻味。"我笑嘻嘻说，自己受过西化训练，从小就嗜吃奶油、黄油，绝不会腻味的，"我自信能适应法国菜的口味"。

可我在食堂里持续吃了一个多星期的饭，那大话牛皮果然就被戳破了。我的胃口，渐渐由"改革开放"变得"闭关锁国"了。首先，对我最嗜好的奶油，胃里也逐渐加大"关税壁垒"。从原来一勺一勺舀着空口吃，到后来对奶油味道的抵触越来越深，以至最后闻到奶油味儿就想吐。其次，是见到肉就恶心。法国无论是猪肉、牛肉还是羊肉，大都是用化学饲料催成，没有一点儿筋筋和肥肉，嚼在嘴里就如同锯末。而且，大多数法国菜与中国家常菜的烹饪方法有本质的不同，他们不用酱油，也不用醋，却时常放蒜泥、芥末、柠檬汁等用来调味，口味的刺激性强烈，也使得我们中国人很不习惯。一次，食堂的大锅里放了一些沙丁鱼，我联想到在中国最爱吃的沙丁鱼罐头，便叉了一条沙丁鱼在盘里。可我没吃两口，就差点要吐出来。原来这鱼竟然未放任何调料，还有一股强烈的腥气，据说这才是真正的法国烹饪方法。要吃鱼就该吃鱼原有的腥味儿。

临走前半月，一位法国朋友拉杜霍请我俩到她家吃饭。她还郑重其事地准备了菜单。头一道菜是马哈鱼、奶酪、黄油等混制而成的比萨饼。第二道菜是用土豆泥和菜泥混在一起的糊糊。第三道菜是每人一只鹌鹑。后边还有什么菜，我已经记不清楚了。我只记得，主人频频向我布菜，付研也不断朝我使眼色，为了社交礼节怎么也得尽量多吃一些。否则，是对主人的不尊重。我只好硬着头皮一点儿一点儿往下塞着。实在是吃不下去了，就大口喝红葡萄酒硬压。我的胃里，酸酒味儿，胡椒粉味儿，腥鱼味儿，鹌鹑鸟的怪味儿，都竞相往上翻腾。我只好不引人注目地悄悄揉两下胃，又表现出彬彬有礼的姿态与拉杜霍一家人聊天，还要微笑倾听她的小儿子弹奏的钢琴乐曲。如此硬挺了两个多小时，又向拉杜霍一家人每个人都道谢和握手，完成了一整套道别仪式。我俩终于迈出她的家门，我回头一望，证实拉杜霍一家人已经回去，三步两步跑到一棵大树前，立刻大口呕吐起来。付研赶上来，惊慌地捶着我后背。

"啊，人生最幸福的是，"我喘着气，用手绢擦着嘴说，"是想呕吐时，就呕吐。"

凡是法国人请客，我以后都尽量推辞。付研说，她自己其实也很不愿意去吃饭，实在是吃不惯法国式的菜肴，无论是大餐，还是家常饭，吃起来都感到肠胃很不适。我在国内也经常去吃一些西餐，在欧美同学会餐厅吃过，也在马克西姆餐厅吃过，似乎并没有感到口味的异常。我后来明白，这是因为国内西餐厅的厨师们，对其烹饪的西式菜肴或多或少也进行了一些改革，以适应国内顾客的口味。所以，国内西餐大多是中西合璧式的菜肴，很少是真正本色原味的正宗西餐。

在法国的那一段时间，我们后来很少到食堂吃饭了，只好日日与妻子躲在屋里吃方便面。我们到中国城买一些面条或速成食品自己做饭吃。有一回，陈乐民、资中筠夫妇的女儿陈丰大姐请我俩去巴黎的中国餐馆吃饭，路上她问我最想吃什么，我竟脱口而出，想吃油条。她们笑了，说是那儿的油条很贵，几乎与一盘菜同价。我们后来在巴黎的一家粤菜馆吃了一顿饭，不过是几个家常菜，仍然所费不赀。陈丰还向我们回忆起北京一家粤菜馆所做的鸭舌头，真是别有风味。

妻子付研在一个自选商场买东西时认识了王雨。王雨是北京大学外语系毕业生，出国闯荡巴黎，嫁给一个法国人，定居在凡尔赛。凡尔赛小城里的中国人很少，她俩成了好朋友。在春节和中秋佳节，付研独身一人在海外倍感思亲时，王雨开车接她到自己家，使她减少了寂寞和孤独。以后，付研也带我去王雨家，我们在她家就可以吃到一些中国菜。有一次，吃的是荠菜馄饨。我大快朵颐，连吃了两大碗。

在法国，我们哪怕是吃到一碗馄饨，一碗中国打卤面，一碗鸡蛋炒饭，都感到无比鲜美。与我们经常交往的中国留学生朋友们掏不起钱去中国餐馆，彼此相聚时，就常常在一起包一顿饺子，或者做一些极简单的中国菜，以此来满足口腹之欲。有时候，只好在一块精神聚餐，说起中国的那个菜这个菜，口流涎水。一些朋友问我："到了法国，你有什么感想？""你回去打算写一些什么文章呢？"我对他们开玩笑说："以前，有一首歌叫《我的中国心》。

我也想写一首歌了，就叫《我的中国胃》。"此时我才发现，我们的"国粹"，其实是保存在自己的每一根神经，每一片血肉里。"中国胃"也就决定了"中国心"。

旧京天桥的饭摊

　　民国时期北平城中，天桥及什刹海沿大街的空地上各种饭摊很多。尤其是天桥公平市场，饭摊一个连一个，仅之间留出走人的窄道。略具规模一些的，是木板钉成的棚子，或是白布支的帐篷，设极简单的桌椅板凳；更为简陋的，则露天设炉灶，用一块大面板权作桌子，再摆几张矮凳，食客们或坐或蹲，生意却很火爆。《旧京百话》称："饭摊自为厨师，又兼招待，其所卖者为大饼、豆汁、肉包、灌肠、杂面，专备各机关人役、小贩、车夫聚餐之需要。香喷喷，热腾腾的荤素大全，长衣短褂，连吃带喝之兴会淋漓。"

　　豆汁摊是天桥饭摊中的大宗，竟有十余个。豆汁是京城的特产，老北京旗人最喜喝。天桥的豆汁摊多半是几张条桌，或干脆支一个长案子，四周放上板凳，作为顾客的座位。略讲究些的，另设几张油桌，即权当雅座，算是招待体面客人的。桌后的灶火，煮着沸腾的豆汁锅，食客们上座，饭摊主人即殷勤盛上一大碗豆汁，两大枚铜子一碗，同时还送上一碟咸菜。天桥豆汁摊最著名者为"豆汁王"，设于天桥西南隅魁华戏园前，其豆汁摊的布帷写有"豆汁王"大字。"豆汁王"的特色有三：一是其摊用齐化门的豆汁，原质是做粉挤下之浆，且用砂锅熬成，熬滚间绝不兑水；二是摊上家具讲究，甚为洁净；三是咸菜味佳，备有酱菜、辣菜等，极受食客欢迎。天桥的豆汁摊比较著名的，亦有"豆汁舒""豆汁薛"等。

天桥生意的著名买卖号称"三王"，即豆汁王、烤肉王、王八茶馆。"烤肉王"为清真回族人氏，晚清即在天桥市场西面的空地设烤肉摊了。夏季卖各种酒菜以及卤面、爆肚等。至立秋后，则售烤、涮牛羊肉，还有胜芳镇的螃蟹。据说，"烤肉王"所用的烤肉铁篦子与众不同，是特制的，且做生意信誉极好，绝不将牛羊肉混杂一处卖。虽然价格比他处稍贵，可吸引了大批的食客，老北京人无不趋之若鹜。多人围火而食，汗流如注，放怀大嚼，长呼短叫，亦是天桥一景矣。

还有，天桥的爆肚摊子也甚多，也大都为长条桌案，摆上各种佐料罐，后面则是在滚沸大锅前持勺的饭摊主人了。所爆的是羊肚，内中分别有散肚、麻肚、肚领、肚板、肚仁等，其中以爆肚仁为最嫩，肚板为最老。散肚与麻肚则形状味道各有不同。爆肚原为水爆及油爆，爆肚摊则以水爆为多。水爆即将羊肚放入锅内滚水中余一下捞出，再蘸麻酱、腐乳等佐料，加点儿香菜，甚为可口。水爆肚大锅一直是滚沸的，摊主遇食客时则现切羊肚，再举大漏勺往锅里一余，动作非常迅速潇洒。余好的爆肚用高脚碗盛出，吃主立即蘸了小碗佐料，细细品味。嗜吃爆肚的多是家道小康市民，因爆肚售价要数十文铜子，贫寒之家是出不起这笔钱的。

卖灌肠的摊子则散处于天桥西市场。摊主大都是担一副挑子，一头是矮炉上安放一口铁锅，另一头则是"梁代座"的方木盘，放有佐料罐与碟子。挑子撂地后，摊主即将挑上挂的小板凳放下，也就成了卖灌肠人的座位。而食客的座位在对面，用一个很窄的长条木板置于两个矮木架上。天桥的灌肠多为粉肠，由卖者切成一块一块，用油爆得焦脆可口，再加盐水蒜汤，仅两三枚铜子一碟，是下层市井百姓极欢迎的吃食。

扒糕与凉粉通常是放一处卖的。饭摊前亦置一木案，放着碗罐筷子等。摊主后边放一个木盆，用水泡着扒糕与凉粉，吃时又凉又新鲜。与其他饭摊同样，也是卖扒糕和凉粉的大木案前放一个长条木凳，为食客预备。有时食客很多，也就只好立而食之了。扒糕是白荞面制成的，凉粉则是绿豆制成，在锅内熬熟了原为液体，用凉水冰镇后即凝固了。凉粉是成块的，扒糕则为圆坨，食客将其在碗里搅碎，另辅之青酱、醋、椒油、腌胡萝卜、麻酱等佐料，是北京著名小吃，至今生意不衰。

另有一些小饭铺散处于天桥西市场大街公平市场等地，以一间门面的小铺为多，店中当然不会有雅座，大半是榆木擦漆红色桌凳，灶火设在门外。有卖锅贴、馅饼、包子、水饺的，也有炖羊肉、炖牛肉、坛子肉、爆羊肉等荤菜，还有卖滚子鱼、黄花鱼等。《晨报》记者1927年在《天桥一瞥》中抱怨，这些小店蚊蝇云集，"最可气者，是食主若不预先问价，吃完算价必要吃亏，类如烧酒一壶竟敢算价大洋六分，酱肘花、拌海蜇等菜，每小碟大洋一角二。所以此种生意随开随关，并非营业不赚钱，实因不讲信用"。

也有因商业信誉好，生意越做越兴隆的。如天桥市场西的九恒山西饭馆，还有清真斋的卤面，白秃子的羊肉豆腐脑等，虽然价钱稍贵，可是所售之物洁净，价钱也稳定，颇赢得顾客口碑。

北京的饭馆

　　"走，去下个小馆儿！"这是老北京人的口头语，里面有极浓的人情味儿。小馆儿指街头的小餐馆，不大的门面，十几张桌椅，叫上两位朋友，点几个可口的菜肴，便餐小酌，倾谈尽兴，亦是人生一乐事。这比起去参加酒楼饭店的筵席，尽享山珍海味，飞觞醉月，似乎更有另一番雅趣。我不喜欢参加喧闹的宴会，与那些素未谋面的高官巨贾、艳姝名士勉强应酬，实是一桩苦事，唯有枯坐无言而已。

　　北京的餐饮业如今最是兴旺，从高档酒楼至家常菜小店，将近有万余家。老北京菜肴的正宗，向来是"鲁菜"独霸一方，例如，"八大楼"、"八大居"、全聚德与便宜坊，以及那些大饭庄，也大都是山东人掌勺。不过，到民国初年，淮扬菜、闽菜、浙菜开始大举进军北京了。西长安街上有"长安十二春"之称呼，它们的字号中都有一个"春"字，有同春园、淮扬春、庆林春等，品尝南方菜一时在北京蔚为风气。以后，连年战争，经济破败，百业凋敝，再加上国民政府迁都南京，老北京的餐饮业也处在半死不活状态。新中国成立后，政府一直提倡节俭的风气。那时候，北京的餐馆也不很多，到一些著名餐馆吃饭，时常要"等座儿"。一桌人吃饭，后面却围一群人焦急观看，真够"大煞风景"的。到了改革开放的新时期，京城的餐饮业才迅猛发展了。别具风格的地方菜又都独树一帜，各领风姿了。从生猛海鲜的粤菜，到麻辣烫的川菜，以及湘菜、闽菜、杭帮菜，甚至原来在"八大菜系"名不见经传的"东北菜"，也在京城颇为火爆一阵。

我的父母是江浙籍贯人，50年代才在北京定居。他们不习惯北京饭馆的口味，母亲时常说："北京馆子里面做的菜，像是打翻了盐篓！黑糊糊的，做什么都放酱油。"适合他们口味的餐馆，无非是江苏餐厅、同春园饭庄、康乐餐厅等几家南方风味的餐厅。或者是仿膳饭庄、全聚德烤鸭店，北京菜里唯一能使他们欣赏的，大概就是烤鸭了。所以，要说是吃馆子，儿时的记忆大都是去吃西餐，也只有三处：欧美同学会餐厅、莫斯科餐厅和新侨饭店。母亲精于馔治，过去常在家中宴客，她的菜饶有名气，翻译家朱海观先生曾开玩笑地戏称为"杜家菜"，文艺界名人钱锺书、杨绛、冯亦代、董乐山、梅绍武等人都在我家吃过饭。后来，母亲年老且多病，家里请客才又改在餐馆了。这时，正是餐饮业遍地开花之时，父母二人品味了附近几个餐馆的菜肴，诧异地称："北京馆子的口味变了！"变甜了，变辣了，变出原来"鲁菜"没有的滋味儿了。可说是五味杂陈吧，酸甜苦辣咸，应有尽有。但是，京城里的人们——也包括老北京人，安之若素地接受了这种"杂"的口味，不再偏重于某一菜系了。这可能正应验了古人的那句名言："口之于味，有同嗜焉。"

在 60 年代前期，"三年困难"刚过去那一年，父母带我看望北京大学的教授张谷若先生。张老住在西单附近的一条胡同里，他与父母相谈甚洽，又拿出珍藏的字画来共同欣赏。以后，带我们去附近的一家饭馆吃饭。那家饭馆的服务员是位老人，他拉着张老的手聊几句，又将张老点的菜一一记下，忽然，他来了兴致，扬声吆喝道："哎——糟熘鱼片一盘哟——"我在旁边听了，忍不住扑哧一声笑出来，其他的顾客也都哄笑了。服务员也笑了，就没有再吆喝下去。张老慨叹道："这一声吆喝，有十来年没听到啦。"我却感觉到新奇无比。这大概是我有生以来第一次也是最后一次听人"报菜名"了吧？那悠长的吆喝声，深深留在我的记忆里。

北京的仿膳小吃

　　最后一次去仿膳饭庄吃饭，大约在十多年前。我们陪一位美国朋友去，顺便告诉他"仿膳"以前是皇帝吃饭的地方。那位年轻美国佬惊喜地跳起来，用夹生的普通话问："噢——皇帝吃饭的地方？有没有金盘和金碗？"逗得我们捧腹大笑。记得，我们那一回请他吃的是一些仿膳的特色小吃，如豌豆黄、芸豆卷、小窝头、千层糕、佛手卷等，这些宫廷小吃精致玲珑，小巧美观，味香适口，真是色、香、味、形俱佳。那个美国人手中把玩着那些精细的小点心，不忍下嘴，连连称赞，这是艺术品！这使我又联想起某刊物载文称，1956 年周总理举行国庆招待会的宴席上，就专门让上了一道由宫廷御厨所制的仿膳甜点小窝头，使参加招待会的国内外宾客赞叹不已。仿膳小窝头大概就在那时蜚声中外的。

仿膳饭庄坐落在北海公园内，在琼华岛北面沿湖的漪澜堂道宁斋中。它前临北海的涟漪清波，后倚高耸的玉洁白塔。漪澜堂与道宁斋始建于清乾隆十六年（1751），原是清帝与后妃游览此园时用膳的地方，晚清时慈禧太后常喜爱到此地散心及用餐。这里倚山面水，风景绝佳，有三个庭院，十数个大小餐厅，据说可接待二百多人就餐。1925年，当时民国的北京市政府决定将北海公园向老百姓开放，公园内游人如潮，游船如织，成为北京市民颇为喜爱的娱乐休憩之地。原清宫御膳房厨师赵仁斋带着儿子赵炳南等人，抓住了这个机会，便在北海公园北岸开设了仿膳饭庄，取意仿照清宫"御膳房"的烹调方法，保持传统宫廷风味，此饭馆的名声一下子传开了。但以后由于时局不靖，百业凋敝，饮食业也一蹶不振，仿膳饭庄曾经一度歇业。1956年8月，国民经济逐渐恢复，仿膳饭庄也正式复业，原清宫御膳房的五位厨师孙绍然、王玉山、赵永寿、牛文质、温宝田又都被请回来，仿膳的宫廷风味菜点又走向生意兴隆时期，不少传统宫廷风味菜得以恢复，如熘鸡脯、罗汉大虾、怀胎鳜鱼、扒鹿肉等，还有的名菜又在原有基础上加以改进，仿膳由此而名声大噪。1959年又扩大经营，由北海北岸迁到了漪澜堂道宁斋内。

古代皇帝的饮食被称为"御膳"，吩咐吃饭则称为"传膳"，进餐时则名为"进膳"。清宫的御膳房是一个庞大机构，分为荤局、素局和点心局等。为了适应清宫帝王后妃的口味，清宫御膳多年来一直是自成体系，博采众长，形成独具一格的菜系。这个菜系很杂，既有鲁菜风味，又有苏杭风味，还有满族烧烤牛羊肉及奶制点心等特殊民族风味。至晚清时期，慈禧太后在八国联军进攻北京时仓皇逃亡西安，沿途又尝到一些官绅奉献的西北风味食品，她把这些食品亦充入清宫御膳的食谱里。清宫御膳的菜肴选料讲究，做工细腻，形象逼真，尤其注重每个菜的造型和色彩，为了迎合帝王心理及宫廷的奢华排场，菜名时常取得富丽堂皇，如"龙凤呈祥""玉石青松""凤凰卧雪"等等。如今，不少高级宾馆酒楼在举办宴席时也模仿这一套排场，谓之"造型菜"。

我幼年心目中最喜爱的餐馆就是仿膳。那时，父亲勤奋翻译书稿得到一笔稿费，为了在紧张脑力劳动后松弛一下脑筋，就带家人游览北海公园，中午顺便即去仿膳用餐。我记忆中，一家人最喜欢吃那儿的肉末烧饼，精致小巧，别具风味。我父母原籍是江浙，并不喜欢吃面食，可他们也非常喜欢吃仿膳制作的点心。仿膳饭庄以前有一特色，当客人就餐时，服务员每上一道菜总要顺便介绍菜点的来历与掌故，态度和蔼可亲，语言幽默风趣，颇有宾至如归之感。一次，老服务员端来栗子面小窝头时说："这是慈禧太后最喜欢吃的。八国联军之乱，她与光绪帝乔装逃向西安时甚为狼狈，沿途饥渴难挨，有个农妇给她个窝头吃，慈禧太后便觉得很好吃。以后回京，慈禧太后又命御膳房厨师给她做窝头，厨师们便精心制作出这种栗子面小窝头，颇得慈禧太后夸奖，成为她斋戒时的一道吃食。"我记得，父亲听服务员讲后，呵呵笑起来，说那些厨师的确很聪明，真要是顿顿给慈禧太后做窝头吃，可能也要被杀脑袋了。我那时听到这个故事感到十分有趣，也给以后印象中的那位阴森老太婆稍微加了一点人间暖色。不过，这毕竟只是民间传说。以后据学者们考证，现存的清宫御膳档案资料有记载，乾隆时代的宫中御膳点心已经有小窝头了。再翻一翻随慈禧太后和光绪帝出逃的几个大臣日记和笔记，如《高楠日记》和《庚子大事记》等，也并无农妇献窝头之事。那么，栗子面小窝头的创意人就不该是慈禧太后的御厨师了，而是清代乾隆年间的御膳房了。其实，中外的君主们享受了奢侈生活后，总是也愿意领略一下民间风味。比如，法国凡尔赛宫中的"爱德小屋"茅草房即是一例。

砂锅居的白肉

　　清宫廷在每年的正月初二，有一种独特的满洲风俗，吃皇帝亲祭的神肉。祭祀用的猪，必须是通体纯黑，无一根杂毛。因此，民间称这种祭神的黑猪为"黑爷"。当一番复杂的祭礼后，司俎则把猪抬到大案上，用酒灌入猪耳朵之中。倘猪动弹挣扎，即显示神已经领享。假若猪木然不动，就是祭祀人的心不诚，一切又须重来。司俎杀猪时，也必得一刀将猪宰死，否则，猪的号叫会影响祭神的气氛。吃祭神肉时，君臣都一律不加佐料，白嘴吃白肉，又称"吃晶饭"。这实质上是"忆苦饭"，皇家如此赏宴群臣，是希望大家不要忘记昔日围猎射骑之艰苦生活，使得子孙后代不忘满洲习俗。大臣们空口吃白肉是苦事，就发明了用高浓度酱油酿成的油皮，其薄如绵纸，以至于有些史料说是绵纸在酱油中泡成的，其实有误。吃白肉时可用油皮做佐料，皇帝也睁一只眼闭一只眼装没看见。吃祭神肉之风俗，在清朝的王公贵族中盛行。据说光绪二年冬天，英果敏公就在家中请吃祭神肉，亲友来五六十人，主家备猪十口，竟风卷残云吃光了。英果敏公大喜，又命家人在宴席间到砂锅居再买十口猪。吃祭肉的规矩不请、不接、不送、不谢，但来的客人以吃得越多才算越恭敬。

砂锅居原名为和顺居，开业于乾隆六年，在西四牌楼的南缸瓦市街。据说，也与吃祭神肉有关。此地原来是清朝定王府的更房。王府吃祭神肉时有剩余，就把祭祀用的全猪赏给更房的更夫们享用。以后，更夫们与曾经的御膳房的厨师合作，用一口直径约四尺的大砂锅煮肉。那口据传是明代年间的大砂锅，实则是铁锅上面接了半截缸沿。由于这口大砂锅，久而久之，人们就将和顺居亦称为砂锅居了。北京原来著名饭庄有所谓"八大居"，即福兴居、万兴居、同兴居、东兴居、万福居、同和居、广和居、砂锅居。砂锅居初创之际，朝廷的许多文武官员亦到此啖肉，人们称此为"白肉一绝"。风声传入宫中，乾隆帝亦有耳闻，遂差太监传砂锅居厨师入宫，品尝砂锅居菜肴。用膳毕，乾隆皇帝题词："此乃珍馐，味之一绝。"自此砂锅居的美食名声更在京城远扬。清朝隆庆年间为砂锅居最兴旺时期，顾客云集，川流不息，稍晚即无座位，有诗云："缸瓦市中吃白肉，日头才出已云迟。"民间也有歇后语："砂锅居的幌子——过午不候。"

我近日出门访友，路过缸瓦市的砂锅居，顺便就在餐厅的大堂内就餐。我已经二十余年未来此地了，餐厅门面装修颇华丽，却失去昔日古朴风韵。在餐厅大堂内就餐的差不多都是老人及外地顾客，极少有年轻人，而且老人们几乎都叫一客较小号的砂锅白肉。在我座位对过，就是一位七十多岁的北京老人。我好奇问一句："怎么？您好这一口？"他微微摇头道："如今砂锅居的白肉，已经不是那么地道了。"不久，服务员端上小号砂锅的白煮肉，薄薄的几块肉片，垫底的粉丝与酸菜，我尝一尝，也是感觉不如以前那么香了。

砂锅白肉，亦称白煮肉、清烹肉。厨师多选用猪的通脊肉或软、硬五花肉，刮洗干净，肉皮朝上，放入注满清水的锅内，旺火烧沸后，又用慢火微炖，汤一直保持微沸，且中途不可加水。吃肉时，则去肉皮切成薄片，然后蘸酱油或腌韭菜花及酱豆腐汁合成的调料食之。如今的砂锅居，大概还是按传统烹饪之法去做的。但是，食客们却并不很满意这老一套做法，这是口味的变化，还是由于现代顾客见到太多的美食珍馐，因而更挑剔了呢？或许，以怀旧的感觉来重新品味昔日佳肴，总不可能得到真正的满足感吧？

梁实秋在一篇散文里也提及砂锅居的白肉，认为："究竟以猪为限，格调不高，中下级食客趋之若鹜，理所当然，高雅君子不可不去一尝，但很少有人去了还想再去。"如今，社会经济发展了，高雅君子也多了起来，包括年轻人的口味也有很大变化，看来"老字号"的许多传统烹饪法则也要改革一下了。

同和居与东兴楼

老北京菜肴的正宗是鲁菜。民国前的旧京，遍布四九城的大小饭庄饭馆的主厨向来由山东人掌灶，开饭馆的老板也大都是山东人。譬如，著名的"八大居""八大楼"都是鲁菜馆，它们几乎将京城的繁华地段占尽。而京城中，除了白肉馆外，再没有纯粹的北京菜，鲁菜则在历史上就成了北京菜的代表。或许，这与各朝代的宫廷菜肴深刻地影响着北京城的饮食文化有关吧。元朝以后，鲁菜即脱颖而出，逐渐成为北方菜系的佼佼者。明清两代，又成为宫廷御膳的主流菜肴，是皇帝及后妃们的日常饮食蓝本，也就必定成为诸菜系中影响最大的菜系。鲁菜以色泽红亮、口味浓郁著称，造型典雅，选料精细，火候到家，味道醇正。清末民初，也是鲁菜的饭庄饭馆最为兴盛时期，它们多是三四进的大院落，餐具是名窑名瓷，墙壁上挂着名人字画，桌椅及屏风多是红木精雕，一派豪奢的排场。

　　去年国庆节长假期间，刘恒夫妇招宴我及妻子于东兴楼。我们已经有数年未见面，相见甚欢。东兴楼是京城著名的鲁菜饭庄，店堂装潢精美，我们仅是在散座便餐，但见摆出的餐具都是象牙筷子、银羹匙，细瓷杯盘上有蟠龙花纹及"万寿无疆"字样。我已经大约二十余年未来此饭馆就餐，也很久未品尝鲁菜了。我记得，这里的雅间更为华丽。东兴楼为旧京著名鲁菜饭庄，居赫赫有名的"八大楼"之首。据说，创办人曾经在清宫担任过管理书籍的官吏，他姓刘，人称其为"书刘"。东兴楼是"书刘"与另一股东合伙开办，因资金充足，在旧京餐饮业颇有声势。那一日，我们吃了那儿的特色菜烩乌鱼蛋、核桃烧肉等，要了一些地道的鲁菜，虽然仅是便餐，带有"吃小馆儿"性质，仍然是所费不赀。这一次聚餐，真是别有兴味。菜味鲜腴，脍炙人口，又加上老友重逢聚谈，更多一份人情味在其中。唯可叹，我如今双耳失聪，戴上助听器也仅能听明白四五分，与友人彼此交流就比较困难，无复当年尽意清谈之雅兴了。如刘恒所言，我俩如今都已经渐入老境了，这样的聚会是一次颇值得珍惜的聚会。

　　又过半月，妻姐一家替我丈人祝寿，在同和居设寿宴，使我又一次尽兴品味鲁菜。同和居饭庄乃取"同怀和悦"之意，也是京城较早经营鲁菜的"老字号"了，开业于清代道光二年，已有近200年历史了。其老店原址在西四南大街西四牌楼的一座小四合院里，二十年前搬迁至月坛南街。重新开张后，内部装潢也是甚为考究，包房内家具典雅，尤其是三层楼高档雅间的陈设，一派雍容华贵风范。其推出的菜品颇为精湛正宗，有葱烧海参、糟熘鳕鱼、佛跳墙、同和一品煲等。同和一品煲最为价昂，几乎占餐价的四分之一。当然，制作工艺可称色泽鲜艳、酥软柔嫩、味浓质烂、汁紧稠浓，最适宜老人口味。可是，我吃时的状态并不是很惬意轻松。或许，那华贵排场却无形拘束了老饕食客的兴致，倒不如吃一回"小馆儿"更具谐趣。同和居与东兴楼的鲁菜，都是山东福山帮菜。其厨师原多来自烟台、蓬莱之间的福山一带，其厨艺精湛，加工讲究。据说，福山帮厨师以前做菜一绝，就是不用味精，却用家乡一种特有的海产海肠焙干，磨成细粉，作为调味品，味道则更为鲜美。如今，鲁菜老字号的那些厨师们，是否还保留此道工艺，也是颇成疑问了。说实话，那一日，我们品尝同和居的精致菜肴，确实很可口，又未必对其烹调技艺说出更多的什么道道来。临走时，妻子倒是专门在楼下买了一袋烤馒头回去。其实，知味之至理，甚为简单，也仅在于口腹之乐及人情谐美，又岂有它哉？

如今北京的中等家常菜饭馆，已经难觅正宗的鲁菜了。反倒是川菜、湘菜、淮扬菜风味占了主导地位。这是由于新一代人的口味发生了很大变化，也因为人们大多不耐烦花太多时间等候上菜，因此真正做工精细的鲁菜渐趋衰落。我家附近，却有一处名为"天赐庄园"的饭馆，虽然其菜肴也是"杂"系，几乎各个菜系的菜肴都有，可仍然有一些招牌菜还是保留了浓厚的鲁菜风味，其中最拿手的是两个菜："葱烧蹄筋"和"油爆双脆"。这两个菜虽不算是珍稀菜肴，但厨师烧好它很难。别的饭馆往往是对顾客敷衍了事，食材及火工都不到家，蹄筋时常做得坚硬如铁，难以咀嚼；油爆双脆也大都掌握不好火候。唯有"天赐庄园"的厨师，把葱烧蹄筋做得犹如海参般软糯，汁紧浓稠，滋味鲜腴。油爆双脆也是既脆且嫩，味美可口。我时常到那个餐馆吃这两个菜，还见了那个厨师。据说，他曾经师从一位专做鲁菜的厨师，因此学到了这一手。

北京的"老字号"高庄名馆，差不离都有一段典故轶事。

譬如，如前所述，东兴楼创办者"书刘"之往事；又如，同和居的发家史。据说，原同和居开业之初，在旧京餐饮业尚属默默无名之辈。有一回，住西四缸瓦市的一位清朝王爷，有兴致到此饭馆吃饭，店主殷勤伺候，曲尽其意，还吩咐厨师选精细原料，为那王爷做了几个可口的菜，王爷尽兴而归，逢人称赞此店，因此同和居扬名于京城。原旧京的著名饭馆，大都会走上层路线，曲意逢迎高官显宦、皇室贵族，尤以获得权势显要题匾为荣。据史料载，原京城"八大堂"之一的惠丰堂老板，为使生意红火起来，想方设法结交了大内总管李莲英的干儿子李季良，居然从慈禧太后处请来一块御笔亲题的牌匾，以后又奉旨入宫进献膳食，惠丰堂由此在京城名噪一时。如今，惠丰堂几经风雨，几易其名，后更名为"翠微路餐厅"。所以，我们也可以明白，那些颇具传统特色的鲁菜老字号餐馆，为何较多注重其内部的装潢富丽，注重其豪华排场，这也是因为清末民初是一个接近没落的贵族化奢侈时代，吃喝之风大兴，夸豪竞富为时髦，引得这些餐馆也追求豪奢典雅的环境，如今的鲁菜饭馆此风犹存。可是，"吃派头"之风未必见得被当今食客所喜，昔日的各大饭庄由于曲高和寡，已经是经营艰难，残存无几。世风变了，"食风"

也变了，人们更追求随意与轻松，也就更喜欢那些充满人情味的特色餐馆。这不仅是因为北京人饮食口味翻新之故，而且是北京人的生活方式随着历史推进而衍化，欣赏更丰富、更多样、更合人性色彩的饮食文化。

六必居匾额的传说

六必居的酱菜精心制作，色泽美观，独具特色。我小时候，就常见父母买来六必居的酱菜，这是南方人吃粥时的最佳佐餐小菜。如今，六必居又发售许多袋装的精美小菜，其中就有我最喜欢吃的六必居所制作的雪菜。平时吃面条时，打开一包放入汤料中，很是美味可口。望着包装袋上"六必居"三字，我不禁想起"六必居"酱菜园门前匾额的传说。

市井坊间传言，六必居的匾额题字出自明朝嘉靖年间的权相严嵩之手。我读民国初期文人张江裁的《燕京访古录》，书中记载："又前门外粮食店北口路西有酱菜馆曰'六必居'者，此匾额则为严嵩所书。"但因年代久远，店铺一次次在匾额上刷漆修饰，却使得笔意渐失。而且，六必居遭受两次劫难，第一次劫难匾额尚存，第二次劫难匾额则被毁。店铺中有一位学徒酷爱书法，每日冲刷案板之际，必对着匾额用扫帚临摹数次，日久逼真。原匾额损毁后，即是这位学徒仿写严嵩题字后又新制作一块。《燕京访古录》又记载一件轶事，是作者幼年时听私塾先生所讲的，据说六必居在明朝是六人合股所开的，他们委托一位亲贵大员请严嵩题字，严嵩遂率笔疾书"六心居"三个大字，但又回味一想，"六心"则是分心离意，必不能合作，殊非吉祥之兆，于是乃于"心"字上又添一撇，便成了"必"字。记下两则轶闻后，作者又称："此等传闻，固无所据，然亦近人情，姑记而存其说。"

这些传说可否有真实史实在其中？《中国历史文化名城词典》有一则"六必居"条目。据考证，六必居并不是六人合股，而是山西省临汾县赵氏所创的酿酒厂，开业于明朝嘉靖九年（1530），赵氏开酒厂时提出在选料制作时有六个必须做到：第一，黍稻必齐，即酿酒用粮必须齐备；第二，曲蘖必实，即酿酒用曲必须如实投放；第三，湛之必洁，即浸泡酒曲必须洁净；第四，陶瓷必良，即酿酒用缸必须是优等的；第五，火候必得，即生产操作必须精心得当；第六，水泉必香，即酿酒必须用香甜的泉水。由于做到了这六条，"六必居"所产之酒质量优良，很受当时顾客推崇。以后，"六必居"酒厂又发展了酱菜园，特聘名师，并保持酒厂的"六必"传统，优选原料，配料严格，精工制作，工艺考究，所制的各类酱菜鲜美适口，成为享誉海内外的北京"老字号"风味特产。

这两则资料，都基本认定了六必居开业时间是明代嘉靖九年（1530）。我瞧六必居雪菜的包装纸上也写着"六必居据传建于明朝嘉靖年间，已有近五百年历史"。但是，我最近读到一册写老北京商市的书，书中质疑此说。据称，在1965年，担任北京市委书记处书记的邓拓同志，他也是一位学识渊博的历史学家，对北京风物历史极感兴趣，他曾经从六必居旧存档案中做出考证，认为六必居的开业时间是清朝康熙年间，而不是后人传说的明朝嘉靖九年。可惜书内仅是略提一笔，并未详细写出邓拓同志的考证探究过程，以及所依据的历史资料。不过，看来六必居开业于明朝嘉靖九年并请严嵩题写匾额之事，作为历史事实，的确是漏洞与误说很多，因明嘉靖九年严嵩尚未发达，只是在南京默默无闻做个小官，六必居的主人又怎么可能跑去南京请他题写匾额呢？

此外，在宣武门外骡马市大街铁门南口迤西的老字号中药店鹤年堂,相传也是严嵩之子严世蕃所题写的匾额。《燕京访古录》也记载此事。但也有人相传,此匾额是严嵩所题写。还有传言,此匾额原是严嵩家厅堂的匾额,严氏父子被嘉靖皇帝抄家后,这块匾额流传出来,就挂在了鹤年堂中药店的堂前。此说,也是不可思议的事情,在嘉靖末年开业的鹤年堂竟敢把罪臣题字的匾额挂出来,这绝对是不符合谨小慎微的商家心理的。只因为严嵩虽然是明朝最大的奸相,可他的字写得古朴苍劲,别具一格,引得后世人多有称赏,才引来了这些传说吧。

"王家菜"轶闻

上海辞书出版社1991年版的《文化生活小百科·美食》一书，谈到名噪一时的家庭风味菜"谭家菜"时称："民国初年，北京出名的家庭菜肴有四大家，即军界的'段家菜'，金融界的'任家菜'，财政界的'王家菜'和谭瑑青的'谭家菜'。"我不能确切地说，"段家菜"是否就是"段府菜"，即出自民国初期的北洋军阀大官僚段祺瑞家，我也不知道金融界的"任家菜"，所指何人，不过，我可以肯定，所谓财政界的"王家菜"是出自北洋政府的财政部部长王克敏家。王克敏在日伪时期还担任过伪华北政务委员会的委员长，是华北的头号大汉奸。

高阳先生在描写北洋军阀史的长篇小说《金色昙花》和反映曹锟贿选的历史长篇小说《八大胡同》中，均刻画过这位在中国现代史上臭名昭著的政治人物。王克敏号叔鲁，举人出身。他的父亲王存善是前清官僚，亦是广东官场的红人。王克敏也当过留日监督、直隶交涉使，是一个亲日派，由此青云直上。他担任中国银行、中法实业银行总裁，北洋政府的数任财政总长，人称"王财神"。当时小报常登这样的消息："昨日'王财神'一夜赌输十万大洋。"他狂嫖滥赌，花钱如流水，过着荒淫腐化的生活。他的宠妾小阿凤即八大胡同双凤堂的当红妓女，亦是他花重金购得的。

先父施咸荣于1949年考入清华大学，后由于1952年院校调整，转入北京大学学习。在北大期间，认识了也在北大读书的王克敏儿子，由其介绍又认识了他的姐夫倪先生。倪先生是王府井大街中法药房的老板，也是先父唯一结交的工商界人士。他的一生颇具传奇性，原是个穷大学生，却赤手空拳打天下，成了名闻工商界的大老板。倪先生原配夫人病逝，他又续娶王克敏的女儿为妻子。那时，王克敏已被国民党政府逮捕，经法庭审判后枪决。王克敏的家产也被没收，家人风流云散，原来家中重金雇请的厨师遂跟随王的女儿又入倪家。50年代初，我父亲与母亲结婚后租住倪家大院中的房间，也认识了那位厨师，听他讲过关于"王家菜"的一些旧闻轶事。据说，王克敏虽然籍贯是杭州，但其父多年在广东做官，所以嗜好粤菜。不过，他的宠妾小阿凤是苏州人，尤其擅长烹制苏菜，时常指导厨师调味与选料，甚至亲自下厨。所谓"王家菜"的特色实是粤菜与苏菜的某种混合。清代李渔在《闲情偶寄》中引民间俗语说，"烂蒸老雄鸭，功效比参芪"。王克敏深谙养生之理，因此喜食肥鸭，用的是粤菜的做法，将几种原料配在一起，加进调料，微火慢炖，使原料、调料和各色调味品融汇渗透，使之色鲜味浓。又传，王克敏担任日伪时期的高官，总是深居简出，尽量避免参加各种宴会。有时，赴中午的筵席犹能伸一伸筷子，而必要他出席的晚宴则连筷子也不拿起。他的晚饭只在家里吃，主食便是喝粥，精心调制的有鱼粥、鸡粥、鸭粥等等。"王家菜"中的粥是一大特色，尤以鸭粥最为鲜美精致。鸭粥里一定要有鸭皮，却要烹炖得看不出来，完全融化于粥中。

　　我的母亲素好烹饪，她向那位厨师学到一些调制菜肴的技艺。她说，家庭菜的烹调之法无非选料必精细，火候要足，下调料亦应讲究。80年代中期，钱锺书先生过生日，我家请他们夫妇吃饭，亦是祝寿。那一回寿筵，母亲刻意烹制了一桌菜，足足花了一星期时间选料与烧菜。其中"八宝鸭子"与"冰糖肘子"最使钱先生满意，连称多年未品尝此佳肴了。如今，数十年倏忽而过，先父与钱锺书先生也先后病逝，母亲重病在床，真有不胜唏嘘惆怅之感。

再说王克敏的那位家厨，后来也在"三反""五反"运动中与倪家闹翻，另谋生路去了。此人最后不知所终，"王家菜"的那一点儿流音余韵也就消失殆尽了。

油条与豆腐脑

　　小时候，我家的早餐很少吃豆浆、油饼和油条。先父认为，那只是一些淀粉和脂肪，并没有充足的营养成分。我们的早点是西化的牛奶面包。"文革"期间，我们全家迁到干校，我与母亲随部分家属住在武昌县一个小镇上。那时，干校的大锅菜每天是熬洋白菜，吃得我们满腹清水。我就时常揣着一毛钱，溜到镇上小饭铺煎油条的大锅前，买上一根油条解馋。少年时期这个生活片段，长久留在我记忆中，既是温馨的，也有些可怜巴巴的。

　　油条据说是在南宋时问世的，它是临安城（今杭州）的一个卖炸油饼的小贩发明的。南宋时期，抗金英雄岳飞父子被奸臣秦桧及其老婆王氏所陷害，泪洒风波亭。老百姓敬仰岳飞父子，极其憎恶秦桧与王氏，那个卖炸油饼小贩就捏了两个面人，并纠缠一起，拧成螺旋状，代表秦桧及王氏，然后放入油锅煎炸，以解心头之恨。所以，油条起初名叫"油炸桧"，或称"油炸鬼"。

豆腐传说为西汉淮南王刘安所发明。我书架上有本小书，是汪曾祺先生编的《知味集》，汇集了许多作家谈吃的文章，里面写豆腐的最多。汪先生在"后记"中满腹牢骚地说，文人都是"寒士"，也就只能谈谈豆腐。读过以后，让人不禁哑然失笑。

豆腐脑无非是豆腐的稀释而已。古人云，豆腐是无味而至味。这大概是中国人对美食味觉的辩证认识吧？看着浇在雪白豆腐脑上的黑糊糊卤汁，我对"吃的哲学"也有所领悟，这样的搭配也就是至味与无味的某种平衡。知味也如此，至味过头即至无味，而无味的味觉方可达至味。所以，真正爱吃豆腐，会吃豆腐，也能品尝出豆腐无比美妙滋味的，必是"知味"之人，既知"美味"，亦知"世味"。瞿秋白的《多余的话》，最后一句是："中国的豆腐也是很好吃的东西，世界第一！"其中的蕴藉甚为丰富，是饱尝"世味"之人才能说出的。

从法国回来的第二年，我开始写作长篇小说《黑色念珠》，为了适应艰苦的写作生活，保养好身体，我调整了创作的时间表，不再夜里写作，而是每日清晨起床，跑步后在街头吃一顿早餐，即回到书房写作。那一段时日，恰好我家大楼对面，有一个安徽人摆了早点摊子，卖油条与豆腐脑。他所炸的油条一根根都很酥脆，吃起来口感极好。还有他对豆腐脑也作了适当改良，将黑糊糊的卤汁改为"海鲜卤"，其实不过是鲜酱油、醋、榨菜末、虾米和香菜末而已。可是，这样的豆腐脑就比黑糊糊的芡粉卤汁和蒜泥要好多了，尤其适合南方人的口味。那时，吃早餐对我来说，亦是一份小小的享受，一勺一勺舀着鲜美的豆腐脑，咬着金黄松脆的油条，就像一个酒徒在浅酌慢饮。我也会想起先父的观点，这份早餐的营养成分到底是怎样呢？但贪图美味的享受之心，仍然战胜了科学观念。即使我的先父亦是如此，他晚年时也更加嗜好这类大众食物，时常叫小保姆去街上买一份煎饼果子来代替午饭，也不怎么喜欢吃西餐了。

可惜，那位安徽人只摆了一年的早点摊，就被工商人员赶走了。自从电视中的新闻揭露了一些炸油条的人原是用的"地沟油"，北京市民对油饼、油条忽生警惕之心，那些早点摊子也日渐减少。吃早点，只好到饭馆里，吃着由厨师正规制作的各色早餐。这是好事，说明随着人们生活的提高，早餐观念也由"游击队"而成为"正规军"了。但遗憾的是，油条、油饼、豆浆、豆腐脑却越来越少了。有时候，我想吃豆腐脑与油条，连续转了几家早点店，都没有。

最近，我家旁边的一家饭铺也开始经营早餐，又重新适应老北京人的口味，卖起了油条、油饼、豆浆、豆腐脑，当然也有小包子、馄饨、小米粥。我经常去这家饭铺吃早餐，发现来这里的多是老人，而且，也大都是来此专门吃油条与豆腐脑的。时常是过了八点半，油条与豆腐脑就没有了，来的客人就不得不失望而去。我发觉，来此吃早餐的人们，其实很多是奔着"这一口儿"来的，这是北京人的生活方式与嗜好。而在我家不远处的小卖店里，也开始卖炸糕了。奔这一口来的人们更是不少，总是见到有很多人排起长队，还有驾驶着小汽车来的。

二荤铺与烂肉面

　　二荤铺是旧京市井文化的一景。夏枝巢先生的《旧京琐记》中称："曰'二荤铺'者，卒为平民果腹之地，其食品不离豚鸡，无烹鲜者，其中佼佼者，如煤市之百景楼，价廉而物美，但客座嘈杂耳。"这"煤市"就在北京前门外，曾经是旧京城的喧闹地带，"百景楼"本只是小饭铺，却由于软炸腰花、炸肝肠、扒肘条做得美味地道，生意越做越红火，便从饭铺又升格为饭店，以后又更名"龙海楼"。

　　说到老北京的吃喝，关于大酒缸、茶馆和各色风味小吃，已有一些文章述及。唯有二荤铺，我是在周家望先生一书中才见到介绍，据称，对二荤铺的释义也是说法不一。有人说，"二荤"是猪肉、羊肉二味；也有人说，是指猪肉和猪内脏两类荤菜。而周家望先生则以为，二荤铺除了和别的饭馆一样自备荤菜原料外，还可以由顾客自己携带

四
七

菜料交厨师去做,老北京人称之为"炒来菜"。"来菜"是一荤,"铺菜"又是一荤,这才是"二荤铺"名称的由来。"炒来菜"利薄又费事,这在外省难以见到,可它却创造了充满人情味儿的独特饮食氛围,受到贫民阶层主顾的欢迎。

二荤铺自有下层市民百姓的那股热乎劲儿。炒菜不多,也不备菜谱,菜名由伙计在顾客前随口报来。铺里从不做鸡鸭鱼蟹,海鲜山珍则更不见影儿,厨师只在一宗肉上做功夫,熘肉片、炸肥肠、爆腰花、炸肝尖、炸丸子、熘丸子等菜,物美价廉,脍炙人口。其实,二荤铺也卖素菜,像烧茄子、醋熘白菜、炒麻豆腐等,而且还卖白干烧酒。二荤铺的顾客多是贩夫走卒,下层市民,他们不愿意喝黄酒,觉得只有喝"烧刀子"才痛快。酒至半醉,猜拳行令,攘臂卷袖,大呼小叫,饭铺里的气氛就更火爆热闹。下酒菜中有一道菜叫熘咯炸,如今菜谱几乎失传。据周家望先生说:"'咯炸'一物是绿豆磨浆,在铛上摊成方块儿,用姜黄面提色,有6寸大小,可熬可炒可炸,味素而清口,是下酒的小菜。"此物北京与广东两地通常都是油炸后蘸佐料吃。而二荤铺中花样翻新,将其挂糊先炸,过后又勾芡浇汁,颇有小题大做之意,却做成了一道美味。

北京人爱吃面食。二荤铺也卖馒头、花卷和面条。常吃的面条就有炸酱面、打卤面、麻酱面、热汤面、肉丝面、榨菜面、鸡丝面和烂肉面诸种。齐如山先生说，二荤铺卖面条最多，盛卤汁都用大缸盆，每日捣烂蒜就得好几斤，抻面的伙计也是一锅顶一锅煮。其中，烂肉面价钱便宜，在贫苦市民中销路最好。老舍的话剧《茶馆》就有两处提及烂肉面，一处是黄胖子说合，请打架的双方去吃一碗烂肉面；另一处是常二爷发善心，救济穷苦的母女俩各吃一碗烂肉面。如今，"烂肉面"这个词，可说是在都市的食谱中彻底消失了。或许是人们生活改善了，不屑于多吃肉食了吧。不过，就是这一碗烂肉面，亦有种种说道讲究。伙计会问你，是要浑卤、懒卤，还是要清卤、扣卤？浑卤即按平时规矩放卤；懒卤则是不要卤汁，光要烂肉，也就是拆骨肉，另来一小碗炸酱；清卤，多是铺子闭门前，大缸盆的卤汁已卖完，只好用酱油代替；扣卤，即顾客少要卤汁，怕吃多了胀肚。

近些年来，人们的口味又有回归传统的趋向。不少饭馆又打起了"北京炸酱面"的招牌，但仍然是以卖家常菜为主，厨师们很少对炸酱面、打卤面等大众饮食去做刻意研究。殊不知，这些食物看似简单，若做出独特风味，也是挺难的。北京阜成门外路北的"虾米居"，其炸酱面就另有风味，过水面很筋道，而炸酱除了肉丁炒黄酱，另有鸡蛋番茄炸酱，还有卤虾味炸酱，颇受顾客们欢迎。我家住在白云观旁，附近也新起了两个专卖北京风味吃食的饭馆，都卖炸酱面。我很喜欢在其中流连。有时，叫一盘爆肚，再来一扎啤酒，听着邻座食客们神侃，甚至参与他们的神侃，亦是市井一乐。这种生活，对启发我的文学创作灵感是颇有裨益的。

也说卤煮火烧

　　我家住在白云观附近。自上世纪 90 年代始，每逢春节的年初一到正月十五，白云观庙会兴盛一时，沿街搭满了木棚及蓝布帐幔，各类京味小吃的饭摊应有尽有，也使我头一次见识了卤煮火烧。我家父母都是江浙籍人，所以我从小未品尝过卤煮、爆肚等真正北京风味的特色小吃。乍一见，卤煮大锅中沸汤里浮现的肥肠、肺头，常是掩鼻而过，更别提来一碗尝尝了。

　　我头一回品尝卤煮火烧、爆肚等京味美食，是由于一位老北京出身的友人多次推荐。他领我至前门的风味小吃一条街，请我吃卤煮、爆肚。我摇头再三拒绝，他却不由分说，硬给我买一碗，并相劝道："你哪怕捏着鼻子也要尝一尝！你是作家，不知道这些京味小吃，又怎么能描写出地道的老北京人生活呢？"我被他劝动，就放开胆量，将一碗卤煮火烧吃了，感觉确实是味道鲜美，但我只是吃了里边的火烧块儿，还吃了猪头肉，却很长时间不敢吃肥肠、肺头。这是我以后挺久保留的一个怪毛病，吃卤煮火烧只吃其中切成块儿的火烧及猪头肉，还有老豆腐。每一次吃卤煮火烧时，我向掌勺的厨师声言不要肥肠、肺头，必定会被人所讪笑，哈，一看就知道您不是老北京！这么吃卤煮，不成了吃疙瘩汤吗？

不过，我却逐渐被卤煮火烧、爆肚等美食吸引，尤其是见到门口架一口老汤大锅的店，必得进去来一碗热腾腾的卤煮，嚼着韧韧的火烧块儿，品味着浓浓的老汤，有时再浇些辣油，汗水淋漓，兴会所至，多少能领略出老北京市井吃食的美味了！

由于嗜吃卤煮，我也习惯了吃大肠、肺头，其实，它们放入老汤前是经过反复清洗的，制作精美，并无杂乱异味，而是别具一番特殊美味。

卤煮火烧作为老北京的市井吃食之一，却在老北京的食谱中声名不彰。我翻看几册论北京市井吃食的书籍，有说爆肚的，有说豆汁的，有说羊头肉的，也有说炸灌肠的，还有说褡裢火烧的，却未见有谈到卤煮火烧的。卤煮火烧好像是处在一个尴尬的地位，文人雅士视其为粗食糙物，对它不屑一顾，不愿意将其列入美食食谱里；引车卖浆者之流又似乎嫌其价昂，与爆肚一样，吃一顿所费不赀，贫穷之家是难以尽享其美味的。可我听说，有好几位梨园界名家是"好这一口"的。朱小平兄在其随笔集《无双毕竟是家山》的《一声过市煮肠香》一文称，上世纪20年代，卤煮火烧的"小肠陈"就在前门广和楼（广和戏院）门前，那时的戏校"富连成"每日在广和楼演出，以后的一批名角如尚小云、谭富英、李万春、张君秋、马长礼均为"小肠陈"的常客。还有曲艺界的侯宝林、魏喜奎、关学曾等都很喜欢吃卤煮火烧。

我前一时期检索网络上的资料，有人说卤煮火烧是从苏造肉演变而来。溥杰夫人浩所著的《食在宫廷》一书中介绍，苏造肉是乾隆帝下江南后引入清宫的。那时，乾隆帝在扬州的行宫设在安澜园陈元龙家，乾隆帝颇欣赏陈家的厨师张东官，返京后带入宫廷。张东官是苏州人，擅长做苏菜。因此，苏菜遂在宫廷菜中亦占一席之地。尤其是苏造肉，用五花肉加丁香、官桂、甘草、砂仁、桂皮、蔻仁、肉桂等九种香料烹饪，长时间炖、焖、煨、焐，且注重原汁原味，这道菜成为绽放异香的名菜。而且，很快从宫廷传入民间。以后，煮苏造肉的大锅常加硬面烙成的火烧同煮，成为清早即赴衙门入值的官员们的早点。当时，东华门外就有很多饭摊。据说，"小肠陈"的创始人陈兆恩也卖过苏造肉。但他发现，用五花肉煮制的苏造肉毕竟价钱不薄，贩夫走卒及市井小民一般是难以问津的。于是，陈兆恩另开蹊径，用价格低廉的猪头肉代替五花肉，又引入价格更便宜的猪肠、猪肺煮制，再加入老豆腐。他一步一步加以改良，尤其考虑到卖力气活的人口味重，还加入蒜泥、豆腐乳、韭菜花、香菜等调料，竟创出了一道传世美味。

网络之言聊备一说。朱小平兄的文章则认为，陈师傅原本是广安门外莲花池一家小酒店前卖"熏鱼儿"的，是河北三河县人。"熏鱼儿"并不是鱼，而是熏制的猪头肉、猪下水，其顾客多为到酒馆喝酒的下层市民，以"熏鱼儿"做下酒菜，也就着自带干粮吃。由此，陈师傅萌发一个念头，为何不把猪下水与干粮同煮？既热气腾腾又别有风味，再加一些改良，遂创造出"小肠陈"的卤煮火烧。我想，也许还是这个说法更接近事实吧。据说解放前，"小肠陈"在天桥等地都设有摊位。1956年公私合营在宣武南横东街燕新饭馆专营卤煮火烧，他的后人在上世纪90年代初又重开"小肠陈"店，竟成为北京城一道风景，如今已经有好几个颇具规模的分店了。

离我家不远的手帕口北街，也有一家"小肠陈"的卤煮火烧小店，门面狭窄，仅几十平方米，搁放五张桌子，十余个椅子。但是，顾客盈门，食客众多，时常里外间座椅都已经客满，有时，索性在店门外街面摆上简易桌椅。那里也成了我如今经常就食的去处。这个店中，最惹眼的是店门口架设的大铁锅，一大锅长时间沸腾洋溢、实实在在的老汤。其实，人们大都是奔那锅老汤来的。以前，我也在几家卖京味小吃的饭店吃过卤煮火烧，但大都光顾一回，就无兴趣再去了，关键是那些号称"卤煮火烧"的吃食滋味不对，仅是将泡过的火烧放入卤汁肉汤中而已，根本没有一锅老汤。没有老汤，就缺乏了卤煮火烧的真正风味了。

北京烤鸭在美国的一场风波

　　一位美籍华裔朋友告诉我，前些日子西方报刊媒体掀起一场对中国食品的质疑，被波及的海外华人餐厅的营业额减少了。他感慨道，如今华人与西方人仿佛是交流频繁，可是在食品文化的心理层面上，彼此间仍然有很深隔阂。这也是文化的隔阂。那位朋友讲，他虽然在美旅居二十余年，有许多位甚为相知的美国朋友，但那些朋友对中华文化的知识可说是一无所知。有些朋友时常拿某些报刊上耸人听闻的报道来问他，使他哭笑不得。他若有所思地说，其实中西方文化交流还是有很多阻碍的，最多的是文化心理深层因素的影响，我们并未认识到这一点。他的看法，我深以为然。

　　这使我联想起上世纪 70 年代时，北京烤鸭在美国加利福尼亚州竟引起一场法律修正案风波的往事。就在上世纪70年代初，基辛格博士秘密访问了北京，在国际政治舞台引起了震动，也在美国引发了"中国热"。各大城市的许多美国青年模仿中国人，竞相骑起自行车，各个华人餐馆也火爆起来。新闻媒体报道，基辛格曾经多次到北京来磋商会谈，他每次来华都要吃一顿北京烤鸭，这成了他的特殊嗜好。此佳闻传开，美国的达官贵人争先恐后品尝北京烤鸭，各华人餐馆顺应这股热潮，也纷纷供应北京烤鸭这道时髦菜。殊不料，这一中华名馔在美国加利福尼亚州刚一出现，却遭遇尴尬处境。

那些华人餐馆出售烤鸭时，食品检查官闯来了。他们不由分说，将各华人餐馆制作的烤鸭统统扔进了垃圾箱，还对卖烤鸭的餐馆课以罚款，理由是这些餐馆违反了美国加利福尼亚州的法律。原来，加州法律有一条，规定各种食品经过加工，必须以冷藏或热藏的方式保存，以此防止细菌沾染。可是，华人餐馆出售的北京烤鸭，则按照传统烹制方式对烤鸭加工，鸭子在炉内烤好以后，得拿出去晾上二十分钟，只有如此处理，表面的烤鸭皮才会变得松脆。恰恰这一处理方式,违反了加州的食品管理法的有关规定。食品检查官照此规定执法，华人餐馆在加州就再也不得出售烤鸭了。餐馆的经营者遭受了一大笔经济损失固然叫苦连天，顾客享受不到美食也纷纷抱怨。

于是，洛杉矶华人酒楼协会谋求解决这一难题的办法。他们在律师的建议下，认识到为了取得烤鸭在加州的合法经营权，就要用科学手段证明烤鸭的烹制加工方式是符合卫生要求的。他们把一批刚出炉的烤鸭，未经过冷藏或热藏，送至加利福尼亚大学，请专家做卫生鉴定，以确认出炉后的烤鸭在晾晒过程中是否会沾染上细菌。专家经过化验后证实，烤鸭在炉内高温烤制后，表皮干燥酥脆，不适宜细菌生长繁殖，的确是非常符合食品卫生要求的洁净食品。

最为有趣的是，化验程序完毕，那些专家竟禁受不住手中"化验品"的美食诱惑，不忍心就此丢弃，把那批烤鸭全吃光了，边吃还边赞美北京烤鸭实在是香酥味美。

得到了专家的科学认定后，为此，加利福尼亚州议会议员阿特·托雷斯和参议员戴维·罗伯蒂便正式提出了食品管理法修正案，建议给北京烤鸭以特殊豁免权。北京烤鸭经过炉内烤制后，可以免受有关食品保存必须予以冷藏或热藏的限制。这桩修正案建议正式交由加利福尼亚州议会众议院讨论，最终以54票赞成，无1票反对的投票结果顺利通过，加利福尼亚州的时任州长小布朗签署后正式执行。

经过这么一场风波，北京烤鸭又名正言顺出现在加州的各个华人餐馆里，这一美味佳肴得到了许多美国顾客的青睐，他们对它赞不绝口。

"口之于味，有同嗜焉。"可见这句中国古语是颇有道理的。世界各国，民族饮食风俗当然有很大差异，但人类对美食品尝的味觉，又是"有同嗜焉"。无论是东方人也罢，西方人也罢，总统也罢，议员也罢，专家也罢，闻到烤鸭的扑鼻香味，都以一尝此美味为快事，这是人之常情。不过，也不能忽略此中文化心理的深层因素的影响，这又是一个极复杂的问题。各民族对非其传统烹制方式制作的饮食必然有疑虑心理，也是普遍现象。比如，我曾经在法国住过三个月，那时自己的"中国胃"就体验了从"改革开放"到"闭关锁国"的过程，对以前嗜吃的法国菜就愈来愈抵制了。虽然，法国菜也是世界美味佳肴之一，但我总觉得它们不对胃口，不再像初尝它们那样津津有味了，从"有同嗜"到"非同嗜"，这并不完全是口味的原因，也有传统文化习俗的壁垒在那里阻挡。

鱼，我所嗜也

　　在中国传统文化中，鱼被视为祥瑞之物。在《史记·周本纪》中即有周朝之兴，显鸟鱼之瑞的记载。民间尤其将鲤鱼视为吉祥物，鲤鱼跳龙门的神话，既寄托了望子成龙的寓意，又有着招财进宝的内涵，民间吉祥图纹中的鲤鱼可说是无所不在，有窗花剪纸，有织品图案，也有器皿绘画、建筑雕塑。在周礼的饮食等级中，庶民百姓只有资格吃鱼，使得平民阶层的人们与鱼类的感情最接近。

　　我国的自然地理环境多河流、多湖泊，鱼类成为先民重要食物之一。在距今一万八千年的北京周口店山顶洞人的古遗址中就发现了草鱼骨。据考古学者分析，这条草鱼约长80厘米，说明那时的原始人已经能捕到较大的鱼了。到了新石器时代，捕鱼的方法有了改善，人们不仅仅用石块、木棒击鱼，而且创制了不少渔具，用鱼叉、弓箭刺杀，用束有陶、石网坠的渔网围捕，用鱼钩垂钓，以及竭泽而渔。不少地方，新石器时代遗址都挖掘出了鱼叉、鱼钩、渔网坠等遗物。据学者们研究，约在三千年前的商代，已经出现了人工养鱼业。《周礼》等古籍记载，当时的官府设有管理养鱼的专门人员。河北省平山县的战国时期中山国遗址附近发现了一块大河光石，刻有两行铭文，乃为国君监管捕鱼的池圃者公乘得、看守陵墓的旧将曼敬告后来贤者。这表明当时统治者对养鱼业是很重视的。秦汉以后，民间池塘养鱼增多，由小面积饲养进一步发展到大面积饲养。如汉武帝时期，曾在长安城凿方圆四十里的昆明池，既训练水师，亦在池中养鱼。唐宋以后池塘养鱼更为普遍，当时养的鱼主要是鲤鱼、鲢鱼、草鱼、青鱼，被称为"四大家鱼"。但是，唐朝因皇帝姓李，"李"与"鲤"同音，官府禁止人们养鲤鱼。又加上佛教流行，视鲤鱼为神物，故鲤鱼的养殖业一度受到影响。到了明代，淡水养鱼业有了更大发展。以前人工饲养的鱼苗大都是从长江运来的，而明代以后开始在池塘内孵化鱼苗，鱼的种类也增加了，由原来的单养过渡到了混养。

　　我国的鱼馔可说是五花八门，有着多种烹饪方法和调味方法。

在商周春秋战国时期，就有了鱼炙、鱼脍、鱼羹、煎鱼多种。鱼炙为烤鱼，《吴越春秋》中提到住在太湖边的一位太和公，善做烤鱼。鱼脍即生鱼片，中国人食生鱼片的历史悠久，《诗经》记载所谓"脍鲤"，便是以鲤鱼为脍，切成丝条状，或是薄片，再拌以调料。《礼记》称"脍，春用葱，秋用芥"，《论语》也有对于鱼脍"不得其酱不食"的记述。

先秦时期，人们食用鱼脍用葱、芥的酱来调味。鱼羹则是用鱼肉制成的羹汤，这种鱼羹以后越制作越精细，风味多样，例如宋代就有著名的"宋嫂鱼羹"。先秦时，还有将鱼置放于铜制炊具上油煎的"煎鱼"。湖北的曾侯乙墓就出土过一件战国时期的铜炊具，上下两层，下层的铜盘可放木炭，上层的铜盘类似炒锅，还放有完整的鱼骨架，似为"煎鱼"。在《楚辞》里也有油煎鲫鱼的记载。

至两汉魏晋南北朝时期，又出现了鱼馔新品种——鲊，将鱼块加盐、冷米饭，在容器里密封，腌渍而成。腌渍的米饭的乳酸菌会发酵，产生乳酸及其他物质，渗入鱼肉中，既可防腐，亦可产生特殊风味。鲊的品种很多，较著名的有荷叶制成的"裹鲊"。晋代大书法家王羲之曾经写有《裹鲊帖》，其中有"裹鲊味佳"的句子。

宋元时期，鲊的品种就更多了，如"贡御鲊""玉版鲊""省力鲊""鲟鳇鱼鲊"等等。《齐民要术》记载人们制作精美的鱼饼，有两种制法，一是取白鱼肉剁泥，从中加适量的肥肉膘，再剁匀，加醋、葱、腌瓜、姜、橘皮、鱼酱汁搅匀，制成"升盏大"的鱼饼，用熟油微火煎成。另一种制法，是将舂烂并调好味的鱼肉泥，纳入垫绢的扁圆形竹木鱼模中成形，再倒入热油铛内炸成鱼饼。此外，晋人左思所写的《吴都赋》中，就写到吴人嗜吃河豚，"蒸煮啖之"，并称其"肥美"。可见晋代江南地区已经掌握了河豚去毒的方法。

再说到生鱼片，即鱼脍。前一时期，在北京的高档餐馆中，大都有进口的三文鱼的生鱼片，在日本料理馆中也有生鱼片料理，我就很喜欢吃。但是，挺长一段时间，我却并不知道这其实是古代中国鱼馔的一个重要品种。著名饮食烹饪文化史专家邱庞同先生撰有一文《古方今用调生鱼》，就提出"我国古人在吃生鱼片的调料上早就积累了丰富的经验，完全可以继承下来，发展开去，为今人服务"。

譬如魏晋之际，就有专门配生鱼片的调料"八和齑""橘蒜齑""白梅蒜齑"等。其中，"八和齑"用蒜、姜、橘、白梅、熟栗黄、粳米饭、盐、酢按一定比例、一定程序制作而成，制作要求甚为严格。"八和齑"又称"脍齑"，配生鱼片食用，异常鲜美。在隋代，吴地的"金齑玉脍"也很有名，系取霜后鲈鱼切片，加香柔花叶或橙皮丝拌食而成，用橙齑醋拌食，隋炀帝称为"东南佳味"。至元代，生鱼片的调料更为精细，用萝卜汁、姜丝、生香菜、芫荽、芥辣醋等，可杀菌去腥，辛辣增香。这些风味多样的调料，其实要比现代生鱼料理中那些进口的辣椒、酱油等更具特色了。

周作人有一篇散文《吃鱼》，说浙江人喜好食鱼虾，因为那里的鱼虾供给几乎与北京的白菜萝卜一样普遍。所以，江浙的风俗习惯是喜食鱼，也很会食鱼。我父亲祖籍浙江宁波，母亲祖籍江苏江阴，父母幼年俱生长在上海，年轻时到北京读书工作才相识，所以，我的家庭不改南方习俗，也是很喜欢食鱼。我很小的时候，母亲甚至喂我多刺的鲫鱼，依稀记忆中，也有几次被鱼刺卡住喉咙，母亲从不慌张，笑嘻嘻道："不要紧，吞口米饭团下去！"我只要塞一团米饭到嘴里，也不咀嚼，一口咽下，顿时化险为夷。也有一次，吞米饭团仍然不管用，就让我又喝一大口醋，亦能化解。

我记得，童年时家中每月总要吃几回鱼。那个年代，菜市场货源紧张，蛋类、鱼肉都定量供应，新鲜活鱼较难买到，可每一次买到活鱼，就必定清蒸。只是买到冷冻鱼或已死的鱼，母亲才做红烧鱼，要用红烧重味掩其腥气，是不得已而为之的。母亲虽然不知道李渔的美食观，但与其见解相合，也认为食鱼首重在鲜，次则及肥，鲜而且肥，方是食鱼的最高境界。所以，她最推崇鲥鱼，说鲥鱼是鱼中之王。她的老家是江阴，而江阴人嗜食鲥鱼、河豚，是全国有名的。我们查《新华字典》，鲤鱼、鲫鱼、鳊鱼、鳜鱼等鱼，都写"肉可食"，唯独鲥鱼写"味鲜美"。

我在少年时吃过几回鲥鱼，大都是冰冻的。据母亲说，鲥鱼差不多全是出水即亡，很少有活的。可解放前的那些阔人们，为求品尝到鲜活的鲥鱼，讲究让厨师挑着行灶到江边，鲥鱼出水后立即宰杀，就放入蒸笼。待挑回到府中，鱼恰好蒸熟，直接放到饭桌上，鲜味一点儿也不走。

烹饪鲥鱼，以清蒸为最佳。清蒸时，全在火候得宜，火候不足或是火候太过，都会影响鲜美之味。蒸鱼前，仅浇以少量绍酒，几乎不用太多的作料，可放肥厚的火腿数片（当时因寻觅不到火腿，便以肥肉代之），再放入几片薄薄的笋片，周围搁上一圈冬菇即可。当鲥鱼刚刚端出锅时，母亲总要揭开外包的网油，夹起一大片鱼鳞，先敬给贵客，因为吃鲥鱼最讲究吃鳞片下的脂膏。鲥鱼细嫩多刺，细品其肉中刺之滋味亦是一乐也！

吃鲥鱼，要喝上好的绍酒，细尝慢咽，才是美食欣赏之道，切忌大口吞咽，匆匆品尝，或是浅尝辄止。

我们因久居京城，鲥鱼被视为罕物，能吃的机会并不是很多。每次我家买到鲥鱼，总要请几位南方籍的亲朋好友来共同品尝，母亲喜滋滋称："我请你们来吃鲥鱼！"这是很值得珍重的宴客方式。还记得，在上世纪80年代中期的一天晚上，我家才装上电话不久，先父的老同学刘千打来一个电话，说是崇文门菜市场在卖鲥鱼，价钱很便宜。母亲立即本能地不相信，市场上居然竟能买到便宜的鲥鱼？那根本是不可能的！刘千发誓说他亲眼所见。刘千伯伯与父亲在解放前同为南京中央大学的同学，解放后刘千又考入了中国医科大学，是同仁医院的耳鼻喉科专家，我们两家一直交往密切。刘千也是江苏人，他总不会看走眼吧？母亲将信将疑，决定次日去崇文门菜市场一探究竟。第二天上午，到了崇文门菜市场，发觉竟然真是从库藏中才拿出的一批冰冻鲥鱼！母亲立即喜不自胜地买下一大批。我家那时刚有冰箱，就干脆地把冰箱下层全部腾空，全都储藏了鲥鱼。

这是极其偶然的一次机遇。母亲除了大宴宾客外，还将这批鲥鱼分赠江浙籍友人。

进入90年代，鲥鱼不仅在京城是稀罕食品，即使是南方各大餐馆也难得一见了。大概是1991年吧，我回了江阴一趟，表哥曾经想法子弄到一条鲥鱼，请我在他家吃了一顿饭，可能就是我平生最后一次吃到鲥鱼了！五年前，妻姐一家请我们夫妇俩及一位美国亲戚到"孔乙己"酒店用餐，餐桌的主菜便是鲥鱼。我感到很诧异，听说长江鲥鱼不是一家灭绝了吗！我品尝一下，感到滋味不对，似乎肉质发干发硬。我便在私底下问一问熟识的当堂经理，他坦诚笑言，可不是，现在还哪儿有什么长江鲥鱼！这是进口的一批非洲鲥鱼，人工饲养成功，投放到市场上的。唉，不管怎么说，也叫鲥鱼呗。他又道，其实非洲鲥鱼完全不必保留鱼鳞，但为了留得"鲥鱼"名目，便将鱼鳞揭起，用线串成一片片。可鱼鳞下其实没有什么脂膏，形式而已。

　　少年时，我随父母去湖北咸宁的向阳湖干校。向阳湖，现代名为关阳湖，原称斧头湖或西凉湖，是古云梦泽的一部分。这里原是长江汛期的泄洪区，以后筑堤坝将其围起，又成了文化部干部下放劳动的垦区。此地可称鱼米之乡，有些湾子的农民仍然兼打鱼为业，鱼类卖得相当便宜，且多是鳜鱼、黑鱼等京城少见的品类。可是，干校的纪律是不允许向当地农民购买农产品，我家后来自己开伙，连里领导才睁一只眼闭一只眼默许了，也是到临走前半年这项纪律才有所松弛。我家就经常向农民买一些鳜鱼和黑鱼吃。母亲每回买到鳜鱼都是清蒸，不放料酒，也无需放其他作料，一样鲜美无比。买到了黑鱼，她发明了"黑鱼两吃"，因黑鱼少刺，便切成鱼片，做熘炒鱼片，而将剩余的鱼头、鱼尾及骨架熬鱼汤喝。熬汤前需把鱼头、鱼尾放入油锅中稍微煎一煎，熬出的鱼汤呈乳白色，是不亚于鸡汤的至美之味。回北京后，我们还是很怀念"黑鱼两吃"，母亲也想再做一回，可那时的北京菜市场却很少有卖黑鱼的，只好徒呼奈何尔！

到 90 年代后期，我家寓所附近的白云观旁一溜街上，开起一家新餐馆，路过门前我见贴了"有鲜活黑鱼"的纸条，不禁心动。一天，几位青年作家到我家来访，中午留他们吃饭，便带着大伙到了那家餐馆。我指名要吃黑鱼，并请他们按"黑鱼两吃"的做法去烹饪，服务员因菜单上没有这个菜，说要到后面厨房问一下厨师。一会儿，厨师与当堂经理一起出来。厨师是一位年近六十岁的老师傅，他向我伸出大拇指夸赞："看来您是一位会吃鱼的老吃客。没问题！我一定包您满意！"那一回的"黑鱼两吃"，果然大告成功。同来的几位文人朋友也都是见过世面的老饕，纷纷赞不绝口，尤其欣赏黑鱼浓汤的鲜美可口。后来，我就常常到那家餐馆去品尝"黑鱼两吃"，只要此一菜一汤，再来一碗米饭即可。餐后，还时常打包带回，剩下的部分鱼片留待次日再做一碗汤面的浇头。我知道此菜是独为我做的。我曾经问当堂经理，为何不将此菜也作为"创新菜"列入菜单呢？经理笑一笑不作答。我以后才想明白了，"黑鱼两吃"的吃法，固然对食客来说是物美价廉的，对于餐馆来讲却是费事又利薄。他们单为我做此菜，无非是看老顾客的面子而已，难以当"创新菜"列于菜单上的。很可惜，这个餐馆的"黑鱼两吃"，我只是吃了十数次的光景，一年后，此地店铺都被悉数拆迁，这家餐馆也只好关门了。

我性喜品味美味佳肴，却不愿意参加那些高档酒楼的华宴盛席，觉得那是应酬社交的一部分，难得在其间品尝到美食。当然，邀集两三位好友，在中等餐馆点几个可口菜肴，这在北京人看来是"吃小馆儿"，其实，是比参加那些华宴盛席更有情趣，也更有人情味儿的。有时，我自己也独身一人出入那些小餐馆，常常可从中挖掘到极为不俗的拿手菜，颇得口腹之乐。

也是90年代后期，我在一家报纸的广告上看到了自己写的一个中篇小说在某大型文学刊物发表，可是等了很多时日却未见到那个杂志给我寄来刊物。我不好意思向编辑索要，便自己利用周日的上午去西单一家书店买杂志，恰好，书店里就有那一期，我如愿买下。那个书店是经营售卖各地期刊的，我便在书店中盘桓多时，翻阅了一些期刊。走出书店时，已近中午一点了，腹中饥肠辘辘，就寻觅一家餐馆吃饭。走不多远的路，恰见一家饭铺，门前挂了"醉鱼头火锅"的匾额，墨笔字甚为飘洒秀逸，竟为一著名书法家题写。信步进去，小铺里摆了十几张桌子，冷冷清清，仅有两个客人刚吃完结账。店主殷勤相迎，又奉上菜单。我看一眼菜单，似乎除了"醉鱼头火锅"，就没有别的菜肴了，甚至连普通的家常炒菜也没有。而"醉鱼头火锅"则要五十余元，在当年可谓是价格不菲。可我当时是又乏又饿又冷，实在不想挪动地方，便要了一个"醉鱼头火锅"。店主几乎立刻就把火锅端上来了，大盘子里盛放一个极硕大的胖头鱼的鱼头，还有就是各色新鲜时蔬，尤其是盏中调料最有风味，好像由韭菜花、葱、芫荽、蒜泥、橘皮等拌成，是这家店里自制的，异常鲜美。店主在一旁，特别提醒我吃鱼头中的鱼脑，白花花的，犹如豆腐脑，又有一股浓郁的酒香，再附以调料，是我平生未尝的美味。

我边吃边与店主聊天，遂知这个"醉鱼头火锅"的制法及调料都得自家传，鱼头要在特制的酒中浸泡三日，其调料也是精心制作，均为家传秘方而不授人。这些制作由店主亲自来做，绝不假手于厨师。为此，他还与几位厨师闹崩了。他还说，这里胖头鱼的鱼头，也都是他通过关系从密云水库购得，不够斤两绝不能用。他得意地说，他的"醉鱼头火锅"颇为一些名人所赏识。他掰着手指，还说出几位极有名气的书法家与画家的名字，说他们是经常来

七一

的顾客。我问："你店里的经营利润如何？"店主却很苦恼地摇头，说很亏本啊，如今越来越难以维持下去啦！我想，或许是这个小店的经营方向太过于阳春白雪，以至于曲高和寡了吧？那一顿饭，我吃得极为舒适惬意，步出小店已是醉眼蒙眬、举步踉跄，便打了一辆出租车回家。我对这家"醉鱼头火锅"小店印象深刻，后来又去吃了几回。不到一年，我再去时，发觉小店已经闭门关张了。

如今，京城的许多餐馆也开始打地方风味菜肴的招牌，可真正能保持其特色风味的，也不多。我家附近的"新白云祥湘菜酒楼"算是一家吧。他们的烧鮰鱼可算一绝，有多种烧法：三湘鮰头鱼，清炖与清蒸，以及干锅与豉汁。以三湘鮰头鱼最受顾客青睐。我在《京城的湘菜馆》一文已经有详细介绍，兹不赘述。

我的记忆中，头一回吃鮰鱼是在湖北襄樊。我去采访一位乡村学校的优秀辅导员，且在农村学校住了一星期，临行前团县委干部请我吃一顿饭，主菜就是一道干烧鮰鱼。当时，我吃的时候只觉得太肥腻了，并不感到很对胃口。可在三年前，我又品尝了"白云祥酒楼"的鮰鱼后，才算真正吃出了它的美味，肉质如玉，细腻鲜腴，其美味确实可与河豚媲美，却又无河豚之毒素。我以后时常到那儿来吃这道菜，还请了一些文人朋友也来品尝。比如，经常是请孙卫卫、安武林等好友，又有一回请了梁秉堃、李培禹、朱小平、彭俐、京梅等朋友，还有一次是请吴思，他们都是赞不绝口，称赞这道菜甚为美味。

要想品尝鱼的最美滋味，其实是一件极简单容易的事情。诚如一位哈萨克族作家所说，只要在河流中捕到一条野生鱼，放到锅里煮，再抓一把盐进去，便是难得的美味了。这是花多少钱也难买到的，也是多少高档餐馆的高级厨师难以比美的。大自然赐予我们的美味，才是真正极致的美味。许多餐馆悟及这一点，因此菜单上时常有土鸡、土鸭、藏香猪等字眼，无非是标榜其菜肴的货源取自山野自然。可其中的真实性到底有多少？肯定要大打折扣的。

若说起食鱼的记忆来，拉拉杂杂还有很多。孟子曰："鱼，我所欲也；熊掌，亦我所欲也。二者不可得兼，舍鱼而取熊掌也。"说实话，我并不很理解这位古代先贤的美食观与口味。鱼与熊掌，为何却要优先选熊掌呢？孟子大概未必是从美食的角度来考虑的，而是因为鱼比较多，熊掌则很难得，所谓物以稀为贵也。我也品尝过熊掌，感觉其也就不过是牛蹄筋差不多的味道，烂乎乎的，有弹性，或许要比牛蹄筋更肥腴一些吧，但其美味未必能与鲥鱼、鳜鱼和鮰鱼相比拟。让我来挑选，鱼与熊掌，二者挑一，我肯定是舍熊掌而取鱼的。

因为，鱼，不仅仅是我所欲也，而且是我所嗜也！

也谈食羊

　　羊，是中国古代最早驯化的六畜之一。在龙山文化时期，便有饲养羊的考古发现了。赵珩先生在《且说食羊》一文中说，目前发现最早驯化的羊出自西亚。中国的家山羊祖先是野生捻角山羊，家绵羊的祖先则是野生东方盘羊。早在商周战国时代，君王贵族及民间都已经普遍饲养羊群了。如《诗经·小雅·无羊》中描写："谁谓尔无羊？三百维群。谁谓尔无牛？九十其犉。尔羊来思，其角濈濈。尔牛来思，其耳湿湿。"这三百多只羊一群，九十多头牛一群，即便是今天也很可观了。

　　羊，也是古代君王祭祀的重要祭物。古代祭祀时，以牛、羊、豕三牲齐全为太牢，只用羊、豕祭祀则为少牢。据甲骨文中发现的卜骨记载，某王族显贵仅仅因为发生耳鸣这样的小毛病，居然便宰了一百五十八只羊当祭品。我们查看《汉语大字典》，带羊的汉字多达204个，例如"祥"字，便与祭祀有关，表明献出了羊的祭品，得到神意的愉悦，方为大吉大利。

古语有"三羊开泰"之说，此语原是"三阳开泰"，取自《易经》，指冬去春来，阴阳消长，为吉亨之象。以后，因"羊"与"阳"同音，人们又附和为"三羊开泰"，说明羊在人们心目中是美好吉祥之物。因此，古代器物中常常铸有羊的形象，例如商代的四羊方尊、三羊铜罍及汉代的羊形铜灯等，而后世民间的年画、剪纸等，也常常可看到羊的形象，那是代表了祥瑞吉利、喜气洋洋的美好祝愿。

《周礼》等典籍记载，自周代始人们的饮食遂有严格的等级制度，国君可吃牛肉，大夫可吃羊肉，士可吃狗肉及猪肉，百姓仅可吃鱼。所以，羊肉也是一种上等饮食。又如，美味珍馐的"馐"字从羊，"羹"字从羔从美，因为当时的一种肉羹是不调五味不和菜蔬的纯肉汁。《左传·桓公二年》称："大羹不致，粢食不凿，昭其俭也。"这种"大羹"，就是肉羹。另一种肉羹则调五味和菜蔬，其中牛羹用藿，羊羹用苦菜，豚羹用薇。而羊羹是一种美味，这在先秦的古代典籍里屡次提到。那时，还有"炮羔"这道菜，为楚地名菜，也就是烤羊羔，在《楚辞》中亦有记载。《史记》中还记载了汉代的一道名菜"胃脯"，是用羊胃煮熟后，加葱、椒、盐腌制，晒干而成。此外，还记载了少数民族的烤全羊，吃的时候，人们各自用刀割食。

清代戏剧家李渔在《闲情偶寄》中论到食羊时，认为羊肉最有养生补气的功效。所谓"生羊易消"，即宰割后的羊肉折耗最重，杀一只近百斤的羊，宰割后仅剩五十斤，煮熟后仅余二十五斤了；但是，"熟羊易长"，也就是羊肉最能饱人。"初食不饱，食后渐觉其饱，此易长之验也"。所以，他特别警告，"予谓补人者羊，害人者亦羊。凡食羊肉者，当留腹中余地，以俟其长。倘初食不节而果其腹，饭后必有胀而欲裂之形，伤脾坏腹，皆由于此，葆生者不可不知"。他认为羊肉可比参芪补气，倘若出远门或干重活时，为避免饥饿，食羊肉最宜。如西北地区的人们，"产羊极繁"，那里的土著人只食一餐，也整日不觉得饥饿。

时常有人以为食羊肉是西北地区及回族人所喜好的，其实并不尽然。清代李斗所撰《扬州画舫录》便记载，在扬州城中，"小东门街多食肆，有熟羊肉店，前屋临桥，后为河房，其下为小东门码头，就食者鸡鸣而起，茸裘毡帽，耸肩扑鼻，雪往霜来"，冒着严寒而来，就是为了这个店的风味羊肉佳肴。店主"先以羊杂碎饲客，谓之'小吃'。然后进羊肉羹饭，人一碗，食余重汇，谓之'走锅'；漉去浮油，谓之'剪尾'；狃以成习，亦觉此嚼不恶"。到那里的顾客们，必须像陆文夫笔下的朱自治那样早早起床，才能赶上此佳肴，否则，"一失其时，残盃冷炙，绝无风味"。《扬州画舫录》里还记有著名的"张四回子全羊席"，清朝同治、光绪年间就流行此"全羊席"，即使非回教中人，也喜欢吃此宴席。《清稗类钞》中就记载了清江和甘肃兰州的"全羊席"，盛宴中"以羊之全体为之。蒸之，烹之，炮之，炒之，爆之，灼之，熏之，炸之；汤也，羹也，膏也；甜也，咸也，辣也，椒盐也。所盛之器，或以碗，或以盘，或以碟，无往而不见为羊也。多至七八十品，品各异味"。如此的"全羊席"，不仅在西北地区流行，此前也在华北地区流行，袁枚《随园食单》有记载。

我在某刊物读到过一篇文章，介绍毛里塔尼亚的"烤全羊"。毛里塔尼亚的饭菜有其特色，但基本是粗放式的，以烤、炸或炖为主，且嗜好辣味，偏重的菜肴有手抓羊肉、锅烧羊肉、咖喱牛肉等。他们每逢主要宴会，便以"烤全羊"

待客。通常情况下，有烤半只羊，也有烤羊腿，而"烤全羊"则是最高档次的菜肴。这道菜总是作为压轴菜上桌。此时，焦黄的烤全羊上桌，主人刀叉并用，切下一块块羊肉送到客人面前，是他们对客人的最高礼节。柏柏尔人聚居区，还有"烤全驼"的风俗，骆驼肚里套一只羊，羊的肚里套一只烤得熟透的鸡，鸡肚子里还藏着鸽子和鹌鹑蛋之类，鸽子肚里又塞着各种调料拌制的喷香饭团……这道菜是极为昂贵的，只有腰缠万贯的富人才吃得起。

在童年和少年时代，我的家庭里极少吃羊肉。我父母双方的祖辈是否也有这样的禁忌？我就不知道了。但是，这个禁忌也是能够打破的，那就是三年经济灾荒时期，父母的一位朋友送来半条羊腿，全家烧了一锅羊肉炖萝卜，痛快地大吃一顿。此事我本来已经全无记忆了，是父母后来讲述的。在那个大饥饿的年代，一些家庭由于争粮食定量而夫妻反目，而这位友人的情谊真是难以忘怀。

在我上小学的年代，北京城的大多数汉民也很少吃羊肉了，只是牛街等地的回族聚集区才有卖牛羊肉的店铺。还记得，当时我的班里有一位回族同学，班主任曾经指定我与另外两个同学和他组成课外学习小组，放学后到他家去写家庭作业。我们去过几回，可他家总有一股极强烈的羊膻气，我们几个汉族同学闻不惯这股气味，悄悄捂嘴欲呕，又怕那同学的家长见怪，心神不定的，作业也写得乱七八糟。后来，班主任将我们几个同学叫到了办公室询问究竟，我们几人吭吭哧哧说出缘由，那位老教师沉吟不语，过一会才嘱咐我们，此事不要声张，她可以给我们换一处来写家庭作业，但不许我们说那位回族同学的怪话。我们这些无知无识的孩子们的幼小心灵中悄然留下一道禁忌，以为所有的牛羊肉都是充满膻气的！我们根本就不知道北京月盛斋的五香酱羊肉名闻天下，可与金华火腿相媲美；也不知道昔日旧京城街头卖羊头肉的小贩，那片薄薄的羊脸子，再蘸上椒盐末，曾经惹动多少人的馋涎！我后来读到梁实秋的散文《馋》，文中描写回到北京躲到被窝里吃羊头肉的情景，让我忍不住哑然失笑。在我们的童年时期，这一切早已经绝迹。我从来没有品尝过羊头肉，也弄不懂这是怎样的美味。因为我们是生在物资匮乏的时代里，肉、蛋等副食品都得凭证供应，每人每月有规定的定量，猪肉尚不得多吃，更何况羊肉？

　　大约上世纪80年代中期始，北京城中流行街头卖新疆烤羊肉串，支起了铁架子，燃起炭火，一股股肉香勾得行人们馋涎欲滴。很多朋友便买上一大把，站在街上就可豪啖一番。我妹妹去美国前，也在大学同学的怂恿下，吃起了羊肉串。她撺掇我也来尝一尝异味，我却坚拒诱惑。大概是童年时期的禁忌还朦朦胧胧起着作用吧。就在那一段日子里，我一天上午去陈建功老师家，我们聊得很尽兴，不知不觉已至午饭时分，他留我午餐，饭间端出了一碟烧羊肉，我犹豫着不敢下筷。他笑一笑说："我知道，你家是浙江人，大概从来不吃羊肉的吧？"便笑着将那碟子移开。我后来读过陈建功老师的一篇散文《"涮庐"闲话》，也是谈美食的。他自言寓所为"涮庐"，因为喜欢吃涮羊肉，经常光顾他家的文人朋友们便称此地为"南来顺"，家中还常备三个紫铜火锅，大号火锅可八九人共涮，中号火锅则全家三人齐涮，还有小号火锅一人一箸独涮。有时，甚至炎炎盛夏，后置一电风扇，与友人大涮羊肉片，真可谓是嗜吃涮羊肉之"迷狂者"。今年春节我们一起吃饭，我对建功老师说，我也加入到了这个嗜吃涮羊肉的"涮客"队伍里了，如今几乎是一个星期必要吃一回涮羊肉，当然没有火锅，只是买来羊肉片自个儿在煤气炉上架锅自涮，建功老师听了大笑。不过，北京城的涮羊肉确实有着让其"涮客"迷狂的强烈吸引力的。我单位原有一位老同事老杨，亦是老涮客，他声称吃得最豪放的一回，一人即吃了八斤涮羊肉，这在我们机关大楼中被传为笑谈。

我一直到 90 年代初期还不敢沾羊肉，真正破此禁忌是从涮羊肉始。那一年，我在团中央《辅导员》杂志当记者，被派去采访张家口的少代会开幕仪式。会议结束，大伙要有一次聚餐，也就是一块吃一顿涮羊肉。据说，还是从坝上选得的优种羊。我因从未品尝过羊肉，便踟蹰着打算悄然离开。同住一宿舍的河北团省委学少部长老王则拉住了我，严肃地说："倘若你贸然走掉，会使得张家口团委的同志们尴尬的！你哪怕是不吃羊肉，随便涮一点儿蔬菜，也得坐一会儿再离开。这是任务！"我只好硬着头皮留下了。

就在那天晚上，我在身旁老王的一再怂恿下，终于"开涮"了！

这一涮，使得我惊诧涮羊肉之美味，从此踊跃加入"涮客"的行列来。我回到家里，向父母大吹自己品尝涮羊肉美味的经历，他俩也很想再尝一尝这个特殊的北京风味了。其实在 50 年代，他们到"东来顺"吃过一回，殊觉不错，只是以后由于心理禁忌不敢再品尝了。恰好，父亲的朋友刘硕良从广西来，便请他一起去"东来顺"吃涮羊肉火锅。那一顿饭吃得很畅快，其实"涮羊肉"极适宜朋友聚会，炭火飞迸，雾气迷蒙，笑语喧哗，极助谈兴，很自然地形成了热腾腾的饭局。我未参加那次的饭局。次日，我回到父母家中，他俩似乎觉得还有犒赏我的必要，便又到街上买了羊肉片，自己一家人在煤气炉上涮了一回。可是，这一回却违反了"熟羊易长"的警诫，吃多了羊肉果然就上火，全家人第二天都喊牙疼，我的牙床还起了一个大包。这又使我对吃羊肉有了戒惧之心。

我在单位里，曾经先后与两位回族同事交友。先是老孙，后是老马。老孙是恪守民族习俗的虔诚者，他从来不是清真饭馆不入门，我与他平时吃小馆便都是在老北京称谓的"教门馆子"里，由此也领略了清真菜的独特风味。清真菜其实与鲁菜有很多相似处，色泽红亮，口味浓郁，造型典雅，火候到家。我尤其喜欢吃清真菜中的爆肚，在创作的长篇小说《黑色念珠》里就有对主人公吃爆肚的描写。还有清真菜中的扒牛肉条、它似蜜、芫爆散丹等，其鸡、鸭、鱼等菜肴的做法也别有风味。后来，我与另一位回族同事老马友善，主动请他到清真饭馆吃饭。老马也是认真遵守民族风俗禁忌的，可他为人通达，平日也能够跟大家一起在普通饭馆吃饭，自己的筷子却绝不沾猪肉类菜肴。他后来请我到"东来顺"吃了一次涮羊肉，而且告诉我，其祖父在解放前长期任"东来顺"账房先生，兢兢业业，东家也待其祖父很好，祖父退休后挣下了两三处"小房"。席间，他还说，清真菜的禁忌不仅仅是忌食猪肉，而是根据《古兰经》的训诫规定，禁食"自死动物、血液、猪肉以及未诵安拉之名而宰的动物"，还有无鳞鱼不可吃，凶暴的食肉性动物如鹰、虎、豹、狼等的肉也不能吃，其饮食的禁忌与犹太教的教规很相似。

1996 年初，我与妻子在法国凡尔赛市住了三个月，吃了那里的牛肉、猪肉，总是感觉那儿的肉不好吃，纤维粗硬，吃到嘴里很柴，犹如在咀嚼一些草根，全无肉的滋味儿。我们俩才明白了，为何从美国探亲回来的妹妹，连说国内的肉好吃！因为那个时候，国内养猪还比较自然，饲料还没有添加剂，我们明显地感到国内的肉要比国外的肉好吃，当时的猪一般要一年才出栏，肉质本身就含了丰富的氨基酸，实际上是自带味精。所以，我俩回国后极痛快地吃了一顿涮羊肉，以此来慰劳我们的"中国胃"。

近二十年来，国内的多数牲畜也都是被饲料添加剂促长的，集成式的快速饲养方法再加上化学饲料，牲畜几个月就可成熟出栏了，国内的肉类也越来越接近西方滋味儿了，纤维粗硬，无筋道，无滋味，咀嚼在嘴里犹如咬一口干柴。我也因此对食肉越来越失去兴趣。所以，我近些年来越来越对羊肉情有独钟，羊肉的纤维细腻，尤其新鲜的绵羊肉持水性强，亦软嫩适口，特别是目前较多的羊肉还没有被"现代技术"改造，很少用饲料添加剂促长的，较多是野外放养的羊群。羊肉的味道也就更加鲜美。我相信多数人们的味觉与我是一样的。正是因此，社会上吃羊肉之风又时兴起来，羊肉的价格也就一路猛涨。

我越来越嗜食羊肉，还有一个原因，就是新鲜羊肉确实具有补气养神之效。我这些年一直进行辛勤的写作，是在从事很艰苦很疲惫的脑力劳动，容易引起神经衰弱、肠胃功能失调等病症，此时仅靠药片是难以对付的，甚至还会出现恶性循环，失眠厌食，愈来愈甚。我医治神经衰弱症之法，便是去大吃一顿涮羊肉，吃得大汗淋漓，胃口便开了，亦可调理神经，颐神养气，然后便能极轻松地睡一大觉。自然，为了避免上火，也当腹中留有余地，吃半斤羊肉片足矣，再以小白菜辅之。这便是自我发明的养神补气法。李渔曾经引用《本草纲目》，认为羊肉可比人参、黄芪，所谓"参芪补气，羊肉补形"，我是相信他的这个说法的。

知味话徽菜

　　梁实秋先生撰有一文，回忆胡适上世纪 20 年代末期在上海四马路一家徽菜馆请罗隆基、潘光旦与梁实秋吃饭。他们一进门，老板见到胡适，笑脸相迎，寒暄一番。当胡适领着客人上楼时，老板冲着厨房大吼一声。梁实秋他们不懂那些安徽土话，胡适向他们解释道："他是在喊'绩溪老倌，多加油啊！'"因其老家是闭塞之地，四面皆山，地瘠民穷，"多加油"便是优待老乡之情谊。

　　当日，给梁实秋印象颇深的两个徽菜风味菜肴，一是红烧青鱼尾，即"划水"；另一个是生炒蝴蝶面。这两个菜都很别致，但微疵是太咸，油水大。以后，胡适在其宅中又请"新月"派一些文人到家中便餐，胡太太亲自做了徽菜的"一品锅"待客，"一只大铁锅，口径差不多有一尺，热腾腾地端上桌，里面还在滚沸，一层鸡，一层鸭，一层肉，点缀着蛋饺皮，紧底下是萝卜白菜。胡先生详细介绍这一品锅，告诉我们这是徽州人家待客的上品，酒菜，饭菜，汤，都在其中矣"。

传说，所谓一品锅是明朝的尚书毕锵夫人余氏创制的。一日，皇帝忽然驾临毕家来做客，毕尚书赶忙摆设筵席款待皇上，席上有一个菜是余夫人所做的徽州火锅。皇帝吃得很高兴，连声称赞，知道这是"一品诰命夫人"余夫人所做，便说道："原来这还是'一品锅'！"这个"一品锅"又称"绩溪一品锅""团圆锅"，后来，因胡适时常在家中以"一品锅"待客，甚至担任驻美大使时还在使馆里以"一品锅"招待外国友人，这个徽菜名看也被一些徽菜餐馆命名为"胡适一品锅"。

前些年，我请一位出版商和几位文人朋友到"花亭湖"徽菜馆吃饭。我们请那位川籍出版商先来点菜，他张口说："我要吃胡适……那什么！"引来举座宾朋哈哈大笑。服务员立即含笑道："您是要点'胡适一品锅'吧？"她告诉我们，有很多没有吃过徽菜的食客都知道这个菜，在他们餐馆顾客点餐的排名榜经常名列前茅。所谓"胡适一品锅"，实则是一道红烧杂烩菜，有鸡块、鸭块、红烧肉、肉丸、蛋饺、香肠，又辅之以菜花、香菇、豆角、冬笋、冬瓜，分铺成若干层，地下垫一层萝卜，以原锅上桌，下面仍然燃烧微火长时间炖，香气四溢，诱人食欲，颇体现出徽菜的古朴典雅风味。这道菜颇为经济实惠，色泽鲜艳，香醇酥嫩，且善于保持原汁原味，那天很快就被同桌朋友们一扫而光。

安徽是人文荟萃之地，有着悠久的文化历史传统，人杰地灵，文化名人层出不穷，如清中叶的桐城派文人姚鼐、方苞、刘大櫆，乾嘉朴学的戴震，以及新文化运动的领袖陈独秀、胡适等，无一不是安徽籍人。因此，徽菜具有浓郁的地方特色与人文色彩，文化底蕴很丰富，有所谓"三重一讲"之称：重本味，重火功，重文化，讲食补。由于讲究食补，许多菜被古今名人点用而出名。以"胡适一品锅"为例，我发现这是以鸡、鸭、肉为主的杂烩菜，自然会十分油腻，但吃起来却不很腻，再仔细一看，分层铺垫的菜花、冬笋、豆角，还有锅底所垫的一层萝卜，都起到了解腻的作用。

徽菜的起源也与徽商的兴盛发展有密不可分的联系。史籍称，"新安大贾"的徽商起于东晋，唐宋时期生意日益发达，至明、清全盛。他们贩茶叶，经营当铺，垄断食盐贸易，人数之众、经商范围与互动地域之广、商业资本之雄厚，均为全国商界之首。徽商足迹几遍于天下，俗语有"无徽不成镇"之说，即徽商的经营促进了全国的经济发展。随着徽商的四处流布，各地徽菜风味餐馆也随之而起，形成了哪里有徽商聚集与活动，哪里也就有徽菜之势。《徽州府志》记载，宋高宗曾问起学士汪藻家乡有何风味菜肴，汪藻便提到了沙地马蹄鳖。

　　清炖马蹄鳖是一道几百年来脍炙人口的名菜美馔，又名"火腿炖甲鱼"，系用安徽皖南山区所产的"沙地马蹄鳖"炖制而成。"沙地马蹄鳖"腹色青白，肉嫩胶浓，且无泥腥气。民谣曰："水清见沙底，腹白无淤泥，肉厚背隆起，大小似马蹄。"如今这道菜选用上乘原料，配以火腿和火腿骨佐味，以冰糖提鲜，用木炭炉炖烧而成。炖熟后即端砂锅上桌，肉质酥烂，裙边滑润，汤醇胶浓，鲜肥可口。中医学医理认为，甲鱼有软坚散结之功效，清虚解热，滋阴补肾，不仅是上等美馔，又是养生佳品。据传，明朝初年，户部尚书连心荣曾经将这道菜进贡给朱元璋食用，从此成为宫廷菜之一。

徽菜是中国八大菜系之一，以古徽州菜肴为代表，这与安徽的自然地理条件、经济物产及民风民俗有关。安徽境内有长江与淮河，由西向东横贯，又有黄山、九华山、大别山等蜿蜒山峦，江淮及巢湖等处的淡水鱼资源丰富，山区则盛产山珍野味，江南地区则盛产粮油蔬果、鸡鸭猪羊，这些丰饶的物产，也为徽菜的烹饪提供了具有地方特色风味的优厚条件。徽菜由五大地方风味菜构成，即皖南、皖江、皖北、合肥、淮南的风味菜，又称"徽菜五派"，而皖南菜是主要代表。皖南菜在烹饪技法上擅长烧炖，习惯以火腿佐味，加冰糖提味，又以咸鲜为主要口味，多勾芡，用油重，朴素而实惠。其著名菜肴，除了清炖马蹄鳖，还有腌鲜鳜鱼、黄山炖鸽、板栗烧土鸡、石耳石鸡、毛豆腐等。其他风味菜也是多以烹制河鲜、家禽为主，喜用糖调味，讲究刀工，注重造型，有时用芫荽、辣椒配色佐味，色泽浓厚，茶香清馨，汤汁浓重，著名菜肴有毛峰熏鲥鱼、无为熏鸡、清香砂焐鸡、生熏仔鸡、符离集烧鸡、砂锅清炖八宝鸭、火烘鱼、葡萄鱼、糯果鸭条、香炸琵琶虾等。徽菜中的风味小吃也很有名，古朴典雅，制作精巧，食之可口，有大救驾、小红头、深渡包袱、徽州饼、三河米饺、小笼渣肉蒸饭等。

我家附近有京城驰名的一家徽菜馆"花亭湖"餐厅，号称是徽菜进京的先行者之一，开业数十年了。它始终注意继承与发扬徽菜的文化特色，遂使顾客们赞誉不绝。如今这家徽菜馆又得到了"中国徽菜健康餐厅"的称号，生意更加火旺。此餐厅以"花亭湖"命名，实在是"花亭湖"一地与徽菜有着密切关联。花亭湖，地处大别山南侧与长江北岸，碧波荡漾，湖中有不少岛屿，青松翠柏环绕，奇石怪峰众多，风景秀丽，文化悠久。佛教禅宗大师慧可曾在此开过道场，创造与发展了禅宗文化。灵山秀水中，也孕育了一批文人雅士。当代文化人赵朴初的家乡就在此地。"花亭湖"餐厅非常注意将浓郁的地方风味特色与继承文化传统相结合，不仅探索将其他菜系的长处融入徽菜中，亦探索融入现代的时尚，既有传承，又有创新，尤其汲取了安徽"民间厨娘菜"的制作技艺与经验，清雅古朴，鲜醇酥嫩，选料严谨，食补养生，颇具乡情乡风乡俗的特色。最近，他们还特地开发了乡村风味土菜、妈妈"私房菜"、养生粗粮菜等，风味独特，价廉物美，既可登高端筵席的大雅之堂，亦可入百姓家常菜的餐桌。

这个餐厅的招牌菜很多，除了前面所写的"胡适一品锅"，还有"黄山臭鳜鱼"，也是皖菜系风味的第一名菜，传承百年，载入非物质文化遗产。据其秘方手工腌制，土法烹饪，独家技艺，色泽鲜亮，汁紧汤稠，闻着臭，吃着香，前一时期的电视片《舌尖上的中国》特别推荐了这道菜。

　　"李鸿章杂碎"也是享誉海外的徽菜名品。据说，清末名臣李鸿章去俄国参加尼古拉二世的加冕典礼后，又赴美国访问。他一次宴请美国贵宾，随行厨师做出丰盛的筵席飨客，一道又一道菜上过后，客人们仍嫌不足。李鸿章令厨房再添新菜，可厨房准备的正菜食材已经用完。厨师无奈，只得取配菜剩下的海鲜等余料下锅混烧，然后端上餐桌，宾客们品尝后赞不绝口，询问这道菜的菜名，李鸿章随口答"杂碎"，竟从此成为一道世界名菜。1968年泰国总理他侬访问美国，白宫的接待官员得知他侬喜欢吃中国菜，便特地向华盛顿的皇后酒店专订了50份"杂碎"。因李鸿章是合肥人，这道菜成了徽菜名菜，也是"花亭湖"餐厅的重要菜肴。

　　"土老母鸡汤泡米"，这是安徽人家庭招待贵宾的名菜。"花亭湖"餐厅烹制这道菜，甚为精心，专选用农户散养在田野丛林的土老母鸡，制汤讲究，泡发妥恰，调味精当，吃的时候味道鲜美，香浓扑鼻，很多安徽籍顾客称此菜唤起了他们儿时的记忆和思乡的情绪。

"山粉圆子烧黑猪肉"，新开发的安庆民间乡土菜。这道菜的主要食材"山粉"，是安庆独有的富于多种营养成分的红薯磨制成的；而"黑土猪"也是安徽农村家养的猪种。我吃过这道菜，吃起来确实与用化学饲料、集约化饲养的猪肉不同，其香浓绵糯，有浓郁的乡土风味。

"农家小笼渣肉"，也是新开发的徽菜特色品种，是仿制改造"小笼渣肉蒸饭"而来。这道菜也是采用安徽的"黑土猪"的五花肉为主要食材，并调拌以安徽"阿香"名牌渣肉粉蒸制而成，以火候适宜著称，酥烂可口，肥而不腻，口味极佳。

此外，还有风干羊肉泡锅巴、徽州腌笃鲜、绩溪黄牛排、绩溪臭豆腐、石耳野菜丸子、腊鸭白菜炖豆腐、方腊杂鱼、酱焖小黄鱼、徽味肠头煲等，集古今驰名徽菜之精华，呈地方特色浓郁之风味，甚至还开发了许多以食补为主的养生粗粮菜，如王小六打豆腐、无油老豆腐、蒲菜水碗锅巴皮、白米虾烧老豆腐、雪菜手撕豆腐、地皮菇炒鸡蛋、华金钱素鸡煲等，一反徽菜芡大油重的特点，清淡雅致，细腻可口，颇受更多顾客的青睐推崇。

我是"花亭湖"餐厅的常客，多次在此宴请作家文人朋友雅聚，有一个作家品尝这里的菜肴后，说是这里具有"一物呈一味，一菜呈一味"的特色，形容得极为精当。我的好友、诗人西渡也很喜欢吃这里的菜。他是浙江人，却颇为推重这个徽菜馆，评价这里的徽菜口味适中，菜品新颖，时令菜应时迭出，且有浓厚的江南鱼米之乡特色。我与他颇有同感。更令我难以忘怀的是，大约十多年前，恰值春节临近，我老母亲生病住院，无法回家过节，我只好从"花亭湖"餐厅买两个菜带去医院。我事先跟当堂经理讲好，她满口应允。待我去的那天上午，他们已经精心烹制好了两个菜肴，且早已经打好包了。经理告诉我，厨师听说此事，制作特别精细，选料也用上乘的，希望老太太能吃得可口。我听说后非常感动，与这家餐馆的情感也更为亲密了。这也是徽菜本味中另一味，即浓重的情味吧。

从麻婆豆腐说到川菜

　　我童年有两回随父母到京城中的著名餐馆四川饭店去吃饭的经历。记得很清楚，一回是60年代初，父亲的一位朋友，也是一位翻译家，因为父亲帮他出了一本译著，他就请我们一家去吃饭。四川饭店当时在宣武门内绒线胡同西口的一家朱漆红门大院里，门前高悬了郭沫若题写的牌匾，共有五进大院，回廊雕壁，林木扶疏，幽静典雅。那个翻译家知道父母是江浙人，故意点了不辣的菜肴如锅巴鱿鱼、樟茶鸭子等菜，席间笑语不断，气氛极为欢洽。这一回吃川菜，解除了父母对川菜麻辣传闻的畏惧。半年后，父亲又在四川饭店请一位川籍友人，还尝试点了几个麻辣菜肴，却也吃得相当满意，临走时还要了一个宫保鸡丁，用饭盒盛了打包回家。我们一家人平时很少品味川菜，偶尔两回，无非是换个口味，尝个新鲜而已。

我上初中后即随父母去了湖北，在咸宁文化部五七干校度过了整个中学时代。在那儿，食堂的菜简直难以下饭，几乎日日是清汤寡水的煮萝卜、熬洋白菜，我们被迫学会了吃辣椒酱。干校驻地旁边王六嘴湾子有个小卖铺，进了大量的瓶装辣酱，居然每次都被干校的人一抢而光，有时候买不到了，只好到县城去买。我每个星期日到县城探望住宿学校的妹妹，便有很多大人来托我买辣酱。湖北的冬季潮湿多雨，屋内也都不生火，就更需要吃辣来抵挡阴湿之气了。那时，干校的许多人都由怕吃辣而转变为能吃辣又嗜吃辣了，很多人嘴角边甚至吃起了泡。从干校回京后，我仍然保留了嗜吃辣的习惯。在北京读师范学校，平日在学校里食宿，我也经常从家里带一瓶辣酱过去，或是放在菜中调味，或是将辣酱抹到馒头上吃。

　　上世纪的80年代初，父亲的社会交往频繁了。先是一批外国文学翻译家，后来，作家、学者们也都接踵而来。母亲热情好客，多在家中亲自动手馔治以飨客，但她体弱多病，难胜繁劳，便又转为在附近的餐馆宴客。那时，我家附近新开了一家川菜餐馆，叫"三家村"，饭馆的牌匾是著名文人廖沫沙所题写。据说廖沫沙虽是湖南人，也很喜欢吃川菜，常常光顾这里。这家川菜餐馆中等规模，其中的怪味鸡、棒棒鸡、锅巴鱿鱼、豆瓣鱼等菜肴做得很出色，很正宗。父亲在那家餐馆请过冯亦代、汤永宽、梅绍武、屠珍、董乐山等友人吃饭，是我家经常光顾的"据点"。我最喜欢吃那里的"麻婆豆腐"，每次父母在点菜时都要专门替我点一份。有时，我自己的"馋瘾"大发，索性独身前往，仅要一份"麻婆豆腐"，再来一碗米饭，狼吞虎咽，瞬间就吃个精光。

这家川菜餐馆所做的麻婆豆腐确实地道，别有风味。我经常来吃，与当堂经理闲聊起来，方知道这家餐馆专门聘请川籍名师。这位厨师对食材的要求甚为严格，买来的豆腐倘若当天没有用完，绝不留待次日用。而且，豆腐是新鲜的南豆腐，其中的肉末也不是猪肉，是特选的地道黄牛肉，还有辣椒面、豆豉等也很讲究，尤其是注重火候。每一份麻婆豆腐都是这位厨师用小锅亲做，红油中衬出白嫩豆腐，麻、辣、烫、酥、嫩，且有一种难以言喻的异香。我每次到这家餐馆来，仅此一份麻婆豆腐即足矣！极充分地享受到正宗川菜的可口美味。

可惜，这"三家村"川菜馆开了几年便关门了。当堂经理曾经朝我抱怨："唉，我们的菜肴已经做得够精致了！可这儿的老顾客大都是文人、官员，他们的口味很刁，稍疏忽一些即刻就能品尝出来。可我们总那么精工细作，经济上也承担不起呀！"

这是餐饮业所面临的一个大问题。改革开放后，北京城中餐馆林立，竞争越来越剧烈，餐馆除了做出精美菜肴，更多是要考虑利润。"三家村"赚不到钱，只好关门。我再也品尝不到真正的"麻婆豆腐"了。

"麻婆豆腐"是晚清时期成都时兴的家常菜，也是大众菜。著名作家李劼人的长篇小说《大波》第二部借陈麻婆之女说出了"麻婆豆腐"产生的缘由。清朝同治年间，成都北门外万福桥南岸的陈麻婆老店，原是一家仅卖米饭的饭铺，叫陈兴盛饭铺。由店主陈万春及妻子经营，掌柜娘脸上生几颗麻子，为人很热情。饭铺中常有推油车的脚夫在此息脚用餐，在店中吃肉焯豆腐。掌柜娘知道这些脚夫吃得辣、吃得麻、吃得咸，就用他们油篓中的余油炒制牛肉粘子，并与豆腐、豆豉、豆瓣酱、干海椒末合烹，再撒上花椒末，做出的肉焯豆腐是红彤彤几大碗，又烫，口味又重，其滋味格外麻辣可口。脚夫们非常喜欢吃，从此

"陈麻婆豆腐"之名传遍整个成都，甚至一些文人雅士也跑来要吃"陈麻婆豆腐"。据车幅先生所著的《川菜杂谈》一书记载，至民国时期的20年代，陈麻婆老店又请了一位红锅掌勺的薛祥顺师傅，将"麻婆豆腐"推向了极致。顾客们自己带去清油、牛肉，车幅先生一旁观察，见薛师傅将清油倒入锅内煎熟（不可煎透），然后下牛肉，待到干烂酥时，再下豆豉与豆瓣，随后将豆腐摊手上切成方块，"倒入油煎肉滚、热气腾腾的锅内，微微用铲子铲几下调匀，渗少许汤水"，盖上锅盖。此时，火候最为重要。车幅先生说，他也按此先后程序回到家中试制，虽然作料齐全，却难以到达薛师傅的水平，关键就在于难以掌握火候。

"麻婆豆腐"如今已经名扬海外，日本也出现过一种罐头"麻婆豆腐"，打开罐头后，下面用火点燃，即可食之。这种罐头70年代在中国市场出现过，但它完全不是"麻婆豆腐"的正宗味道。我后来在几家高档川菜餐厅吃饭，点名要"麻婆豆腐"，服务员摇头道："没有。"那眼神似乎责怪我，怎么到我们这儿来吃"麻婆豆腐"？仿佛是只有燕窝鱼翅鲍鱼海参，才是说得出口的名贵菜肴。其实，他们并不明白，食材是否珍惜昂贵，与厨师能否展示真正川味的烹饪特色，并无关联，有时候倒是那些大众菜更能体现其技艺和烹饪风格来。自从"三家村"川菜馆关门后，我几乎没有再品尝到正宗的"麻婆豆腐"。可是，很多的家常菜餐馆都有"麻婆豆腐"这道菜，以前是牛肉末焯豆腐，如今改成了猪肉末，豆腐则大多是冰箱里存放很久的老豆腐，有时候连豆豉也不放，浇一些辣油、豆瓣酱，更不注重火候，在锅中随便一炒，就端盘上了餐桌。这样的大众菜，如今不仅是粗放式经营，简直是粗劣式经营了。如此粗劣式经营的川菜家常菜还有"宫保鸡丁"等，几乎每个小饭铺都有，而且价格极便宜，越做越粗糙，大大损害了川菜的名声。

车幅先生的《川菜杂谈》收入了一篇文章《名品"Y"了向谁说》，此文收进胡绩伟老人的三封信，两封信是致车幅的。一封信是答"四川自贡食品（集团）公司腌腊品加工厂"的。胡绩伟老人的信中述说了他吃"火边子牛肉"，吃冬菜，吃大头菜丝，吃麻辣香肠，都与以前的川味相去甚远。胡绩伟老人大声疾呼不能让那些伪劣的"川味产品"泛滥："这正如北京到处'川味正宗'的饭馆，大都已离川味远之又远。""现在，假货、赝品、伪劣产品大为流行，这简直是'自毁长城'，希望四川人争口气，千万不要把老祖宗传下的好产品、好名誉给败坏了！"车幅先生在文中分析产生假货、赝品、伪劣食品的原因，主要是工商行政管理不善，再就是"个体户制假售假，如过江之鲫"。我很赞同他的看法，同时也补充一点，饮食行业倘若要想做出真正的美食，自然谁也不能不顾及利润，但经营者眼睛一味盯着钱，必难烹饪制作出美味佳肴来。因为，按照我们民族的传统观点来看，烹饪也是一门艺术创造，它是要用心灵去感应的，绝不是简单的厨房操作行为。

《川菜杂谈》描写了一些著名文化人与川菜的轶闻。譬如，张大千嗜吃川菜笼蒸牛肉的趣事，作家李劼人开设川菜馆"小雅"对发展川菜美食的贡献，作家艾芜、流沙河对川菜制作的卓绝见识，台湾作家陈若曦在成都"市美轩"品尝川菜的情景，以及名人黄宗英、沈醉、柳倩、冒舒湮等嗜吃川菜的美食之乐等等，人物描写生动有趣，博识多闻。谈及川菜的历史文化，既有饮食学理论深度，又有充满情趣的文人雅识，确乎可称为"心明天下事，肚知百家味"。书中引用了作家艾芜的话："单是吃饭，只消一两样菜就可以了，甚至不必要鸡鸭鱼这类的荤菜。欧美人的饮食，虽然以肉食为主,不就是做一菜一汤,几片黄油面包吗?中国人请客饮酒,可就需要很多的美味佳肴,起码也得有十多样。因为吃酒吃菜,完全是在品味,尝其芳香,乐其可口,好的名菜都是千百万人同声赞美,表示过真诚的喜悦。也可以说,中国各地菜肴美味,是历代千百万人品尝出来的。"车辐先生也认为,美食家要善于吃,也要善于谈吃,发现在吃中所蕴含的生活之美。他还以为,"美食家不等于厨师,但从理论上讲,厨师应是先天的美食家,因为他首先要知味"。厨师应是美食家的老师,美食家只有真正明了厨师的烹饪技艺,才可能有的放矢做出品评。

《川菜杂谈》中,作者还介绍了几位川菜烹饪大师。

序言作者唐振常先生说到车辐先生:"成都菜馆的名厨,他没有不认识者,常共研讨,得厨师实践之精妙,又能从饮食之学理而论列之。"车辐先生专文介绍了曾国华,他在解放前的成都著名餐馆"朵颐""竟成园""蜀风"都担任过主厨,很多食客邀约下馆子,不说去吃某餐厅,而是说:"走,去吃曾国华!"曾国华曾经专门为毛泽东、朱德、杨尚昆等中央领导服务过,后来又出国到美国纽约,在中国开办的纽约"荣乐园"担任主厨,曾经多次在海外烹饪大赛中获奖，是一位可称为川菜烹饪大师的名家。

另一位名厨史正良，从小便拜师学艺，80年代他尝试对川菜传统菜肴进行一些改革，又从其他菜系汲取长处，推出了许多创新名菜，譬如"鱼香虾球""火爆春蚕肚""茄汁茶花鱼"等，史师傅多次出国到菲律宾、瑞士、瑞典的大饭店表演川菜技艺，先后受到海外报刊的报道，是又一位具有创新精神的川菜烹饪大师。

再有一位张雨山师傅，曾经在著名川菜餐馆"颐之时"担任过主厨，也为毛主席做过菜。毛主席闲暇时约他聊天，还送给他泸州老窖两瓶。车幅先生还撰文记录黄保临老先生的"炊事十则"，以"姑姑筵"闻名的黄家川菜传人黄老先生认为，"十则"中以第三则"选择原料"与第五则"掌握火候"最为重要；还说"烹饪艺术的突出特点就在于有创造性的特点"。所以，那些烹饪大师们也是艺术家，他们传承与发展了川菜文化，既继承了传统川菜的特色风格，又时有创新与发展。他们的经验之谈，其实也是川菜文化的精华。

我一直认为，厨师们可分为三流，第一流可称为"厨师"，即是这些烹饪大师将烹饪真正当成一门艺术，完全是用心灵来感应，来创造的，是真正的知味之人，这些佼佼者居于少数；第二流可称为"厨匠"，他们一切本着老谱去做，操作时也很精心，却毫无创造之感，亦无知味之感，仅仅以烹制名贵食材为乐，或是再搞几道"造型菜"，充满了匠气，大多是如今高档餐馆或酒店会馆的主厨，虽然也有一定技艺，却未必将烹饪之事打心眼里看成是一门艺术。第三流则可称为"厨工"，他们实质上仅将自己的工作看成是简单的厨房操作，根本就不关注什么"选择原料"与"掌握火候"，只要做熟了应付顾客，便完事大吉。甚而过之，还有人满脑子以营利赚钱为目的，用过期或冒牌的伪劣食品来欺骗食客。如今的饮食业，其实是"厨工"居多，就连"厨匠"都很少，恰如胡绩伟老人所言，这些人其实是在糟蹋与毁坏先人传承下来的川菜文化！

《川菜杂谈》一书还引述了开办过著名餐馆"荣乐园"的蓝光鉴老先生所言，所谓"川菜正宗者，是在川味原有的基础上，甲南北之秀而自成格局也。它保持了强烈的地方色彩、地方风格和地方特色，以川人喜欢吃的味道出之；另一方面，它又是集南北烹调高手所做地方名菜的'杂交混血儿'"，"文化交流，互相渗透，相辅相成，这才是带有创造性的正道"。

川菜起源于古代巴国和蜀国，春秋时期便见萌芽，秦汉时期已成格局。西汉扬雄的《蜀都赋》对川菜曾经有描述，说明川菜的烹调技艺已经达到很高水准。而西晋文学家左思的《蜀都赋》对川菜也极尽赞美之辞。东晋史学家常璩的《华阳国志》，也对蜀地的饮食风味作过"尚滋味""好辛香"的评价。唐宋时期，诸多著名文人有更多对"蜀味""蜀蔬"和"蜀品"的好评。在记载北宋都城汴梁风情的《东京梦华录》和记载南宋都城临安风物的《梦粱录》中，就描述了当地专门经营"蜀味""蜀品"的风味食店与酒楼。

川菜发展的一个重要原因，是汲取与包容其他地方菜系的精华。历史上，从全国各地入川的人甚多，秦汉时便有大规模的中原移民，以后各朝代也陆续有过移民迁徙潮。历代统治者派去治蜀的官吏，以及入蜀经商的商人，便都将自己的饮食文化习俗带入四川。名馔佳肴的融合，烹调技艺的交流，使得川菜文化丰富多彩，品种纷繁，口味变化。

川菜的烹调方法极为多样，清朝乾隆年间已有38种，如炒、煎、干烧、炸、熏、腌、卤、泡、炖、焖、烩、贴、爆、蒸、熘、煨、煮、焯、煸、糁、酿、糟、风、拌、烘、烤等等，尤其擅长小煎小炒及干煸干烧。由于烹调技艺丰富，调味变化也多样。口味多，口味广，口味厚，人们赞誉川菜是"一菜一格，百菜百味"。其主要味别有咸鲜、家常、麻辣、鱼香、姜汁、糊辣、糖醋、甜香、荔枝、五香、蒜泥、椒麻、芥末、怪味、酸辣、椒盐、香糟、豆瓣、陈皮、烟香、麻酱等数十种，而其中家常、鱼香、怪味、椒麻、麻辣等风味，为川菜独有特色。

川菜中有高级筵席、普通筵席（百姓们又称呼为"田席"）以及大众便餐三类。高级筵席以食材珍稀、品种纷繁、制作精细、口味众多著称；普通筵席则讲实惠、重肥美，荤素并举，朴实无华；而大众便餐经济实惠，口味多变，品种多样，能够适合各阶层的口味与消费需要，其中一些菜肴如回锅肉、宫保鸡丁、鱼香肉丝、麻婆豆腐、毛肚火锅，如今几乎风靡全国，真正成为了人们最常见的"家常菜"，而脍炙人口的民间小吃，如赖汤圆、夫妻肺片、灯影牛肉以及抄手和担担面等，也都普及各地。清末的《成都通览》一书记载，那时成都的风味菜肴及各类小吃有1328种。解放后，川菜又有更大发展，品种发展到5000种左右。车幅先生在《回眸世纪说川菜》一文中，记载了1986年在中国烹饪协会上世界厨师协会主席、加拿大人汉斯·富士勒对我国烹饪艺术发展与繁荣的赞誉："多少世纪以来，全世界用中国烹饪艺术的天才不断丰富自己。"此话是意味深长的。在中国烹饪艺术中，川菜可说是影响极大的风味菜肴，它的繁荣发展也是对世界文明的贡献。

京城的湘菜馆

　　老舍小说中也有描写吃饭馆的场景，其中惟妙惟肖地体现了老北京人的饮食风俗。譬如，《老张的哲学》里写几个主人公吃涮羊肉，另外一些小说则是写吃鲁菜。唯有《四世同堂》一书，写两个反面角色，冠晓荷拉瑞丰去吃四川饭馆，而瑞丰是地道的老北京人，怕吃辣。于是，经历过官场市面的冠晓荷便安慰瑞丰："真正的川菜并不辣，请你放心！"淡淡几笔，写出了那个时代的人物风情。

　　北京城从明代始即盛行鲁菜，成为宫廷菜系的蓝本。以后，清代基本沿袭了明宫御膳特色，虽然也融汇了满洲菜与江浙菜，但三四百年来，北京城菜肴的正宗仍然是鲁菜。老北京人对南方菜一直不很适应，或许偶尔有兴趣品味淮扬菜及闽菜，却从来将品尝火辣辣的川菜及湘菜视为畏途，只有极少数交际场较活跃的人物，为换口味尝个新鲜，才会放胆去品尝川菜与湘菜。可以说，直至民国初期，多数老北京人的饮食口味还是相当保守的。

民国初期，南方诸省人士来京人数剧增。西长安街相应产生了一批经营淮扬菜及闽菜浙菜的餐馆，但生意并不很景气。川菜与湘菜更是声名不彰，属于非主流菜系。川菜与湘菜进京，较大规模是在解放后。尤其是湘菜，那时北京城有两家较著名的湘菜餐馆，曲园酒楼与马凯餐厅。其中，曲园酒楼最为著名。它始开业于长沙，且已近200年历史，因其在长沙的房屋建筑呈葫芦形，故名"曲园"。以后，它迁南京营业，颇有名声。解放以后，又从南京迁来北京，一时成为文艺界著名人士及侨胞、外宾经常光顾的著名餐馆。据说，大师齐白石老人晚年便常常光临此处，还为曲园酒楼写匾作画。我少年时也曾经与父母去过几回。记得，这里的炒鳝糊做得最为地道。

我少年时随父母赴湖北咸宁，在文化部五七干校待了三年，那里的伙食简单又乏味，加之冬季气候阴冷潮湿，我们都学会了吃辣，往清水煮萝卜和熬洋白菜里放一些辣椒酱，才可勉强佐餐。湖北与湖南毗邻，人称两湖地区，饮食习惯也大致仿佛。因此，我们回京后，也对吃湘菜情有独钟了。特别是改革开放后，餐饮业很繁荣，各大菜系餐馆在京城遍地开花，迅猛发展。这几十年间，北京人的口味也大变，不仅可吃酸吃甜，也可吃麻辣了。川菜曾经在北京风行一时，各种麻辣火锅至今不衰。湘菜也有勃兴之势，比如"湘鄂情"餐馆即生意火爆，我与朋友吃过几回，是在不同的几家分店里，都已经成为北京城著名的湘菜馆。

我家住的白云观附近也开起了一家湘菜馆"新白云祥湘菜酒楼"。这是一家中型餐馆，真正可称"酒楼"。楼下为散座，楼上则辟为单间，装修比较朴素。但是，这家餐馆经由老板艾正刚接手后，特别注意保持自己的特色菜肴风味，头一桩特色招牌菜是烧团鱼。团鱼又称鲴头鱼，是洞庭湖一带的野生鱼，肉质细腻鲜美，白嫩如脂，鱼皮肥美，苏东坡有诗赞美："粉红石首仍无骨，雪白河豚不药人。"鲴鱼多产于湖北石首，是兼具河豚、鲫鱼之鲜美的"水底羊"，既无河豚药人之毒素，又无鲫鱼多刺之不足。"新白云祥湘菜酒楼"烹饪此道佳肴兼有五种做法：三湘鲴头鱼、清炖和清蒸以及干锅与豉汁。其中尤以三湘鲴头鱼最受顾客喜爱，其主要做法是先宰杀鲜活鲴头鱼，放置油锅，煎成两面金黄，又用猪骨、鸡骨熬成的高汤，放入秘制的十二种中药，先用大火煮，再用小火炖，便做出一道自创的招牌菜。我品尝一回后赞不绝口，难忘其美味，就常常去吃这道菜。我以后甚为好奇，很想知道此道菜是如何创出，遂问起当堂的周经理，她告诉我，为确保"白云祥酒楼"的湘菜特色，这座餐馆的各位厨师大都来自湖南，烹饪三湘鮰头鱼的主厨，就是洞庭湖畔的湘籍人士，其祖辈原是世代的渔民之家，才创出了这道堪称经典的招牌菜。

最近，"新白云祥湘菜酒楼"又开始经营常德风味的钵子菜，钵子菜的一切原材料均取自湖南常德，其中有农家土鸡钵、土鸭钵、腊猪蹄钵及腊味涮四蔬、黄焖有机鱼头等，皆是最具风味特色的湘菜菜肴。农家土鸡钵与土鸭钵都采用湘菜传统的煸、炒、煨炖，经过煸炒后，肉质收缩，肉质纹理出现疏松，将五种香料煸入肉中，配以高汤煨炖，既保证原材料营养不会流失，又使得肉质松软、糯香，再配以青、红辣椒和青蒜，更加增色、增味、增香。湖南湘北地区的饮食风俗习惯造就了这一烹饪手法，所以，品尝过这里的常德钵子菜的顾客们纷纷赞不绝口。其间，腊鱼与腊肉是他们最为引以为自豪的特色食材，而湘北的腊味制品不同于其他地方的腊制品。他们不用烟熏，不用火烤，保持原生态、原质、原味，直接用精制食盐腌制，再将其晾干，并且时间只能是在腊月才能制作完成，在其他季节制作的则难以保证腊肉和腊鱼的鲜香，也难以保证质量。这些腊肉和腊鱼制作后，可保证一年以上质量不会变化。更甚之，将腊肉与腊鱼用坛子封好，掩埋在地下，可有三年以上的保质时间。这座餐馆里具有湖南特色风味的钵子菜深受广大顾客们欢迎，原因就在那些菜的食材大都来自湘北，真正是原汁原味的湘菜。

　　"新白云祥湘菜酒楼"的另一道特色菜是黄焖有机鱼头，亦堪称一绝。鱼头的产地是湖南常德的柳叶湖，那里1994年被湖南省政府确定为湖南省的旅游度假区，属于零污染的绿色环保区域，所产珍稀物品众多，尤其以淡水鱼最为知名。黄焖有机鱼头，肉质细嫩，口感香滑，厨师专门用常德产的土辣椒为此道菜的主要配料，湘菜特色更浓。品尝过的顾客们赞声不绝，尤其是那些湖南湘北地区的老乡吃过了这些家乡菜，纷纷感叹："又好像回到了家里！""又吃到家乡的风味菜啦！"老板艾正刚对我说，听到这些夸赞，是他最开心的时刻。而且，能与顾客们找到共鸣，也是他与各位厨师梦寐以求的效果！

　　我家地处二环与三环之间，地理位置绝佳。因此，在十年间附近曾经有过十数家餐馆开业，但长期坚持营业又以特色菜为主的餐馆并不多。大多数餐馆在竞争中先是以特色菜招徕顾客，随后又以家常菜为主打。渐渐地那些餐馆的地方特色就在竞争中消融了，随后即是关闭。唯有这家"新白云祥湘菜酒楼"始终经营湘菜，坚持十数年不辍，还苦心创出一道又一道有特色的风味菜，功夫不负有心人，遂形成了其特有的顾客群。尤其在双休日，常常是顾客盈门，门前停满了各种型号的小汽车。

杭帮菜，文人菜

有人说，鲁菜是明清两代宫廷御膳的饮食蓝本，是北方菜的佼佼者，造型典雅，味道醇正，官府气息浓重；浙菜尤其是杭帮菜，源自文人荟萃之地，菜品雅致，精巧细腻，颇含士大夫文人气息；粤菜的形成得益于开放口岸后的商市繁荣，集约南北中西风味一体，菜肴新颖，选料广博，独具商业商人气息；川菜广采各地菜系精华，其家常菜最为丰富多样和经济实惠，制作精细，口味多变，极富民间菜气息。此说不无道理。

杭帮菜的开山人物，可称是唐宋八大家之一的著名文学家苏轼。宋元祐四年（1089），苏轼任杭州知州，当时西湖年久淤积，湖水干涸，几乎已成菰蒲丛生的沼泽了。苏轼具文呈奏朝廷，调集20余万人疏浚西湖，将挖捞出的菰草淤泥筑成一条南北向的长堤，人们后来命名为"苏堤"。"苏堤春晓"是西湖佳景之一。据说，杭帮菜中的"东坡肉"即与此有关。杭州百姓们为了感谢苏轼的善政，送给他很多猪肉、绍酒。苏轼决定将这些慰劳品与疏浚西湖的民工共享。他嘱咐家人烹制了香酥肥美的红烧肉，把肉块切成方形小块，授以"慢著火，少著水，火候足时它自美"秘诀，加足绍酒煮烂，由此便有了"东坡肉"的发明。

苏轼可称为中国古代的大美食家。他一辈子为宦生涯起伏跌宕，饱尝荣辱苦难。可是，随着他历仕于江浙、中州、南粤，也就饱尝了南北各地肴馔。他写过关于美食题材的很多诗文，如《老饕赋》《菜羹赋》《食猪肉诗》《豆粥》《扬州以土物寄少游》《鳆鱼行》等，这些诗文生动形象地体现了他对美食烹饪的兴趣，以及品尝美食佳肴的丰富经验。因此，杭帮菜中与苏轼有关的名馔很不少，比如"东坡肉""东坡肘子""东坡豆腐""东坡玉糁羹""东坡菜脍""东坡墨鲤"等等，清代戏剧家李渔对此很不以为然，他在《闲情偶寄》中谈到"东坡肉"时，就认为此菜名有亵渎东坡之嫌。但是，人们以名人为美味佳肴命名，已是约定俗成之举了，固然此中也有附庸风雅或牵强附会处，却也是未便深究的。

饮食烹饪学的专家邱庞同先生写有《古杭州菜漫议》，认为杭帮菜的形成是宋室南渡之后，定杭州为南宋王朝的都城（当时称临安），此时杭帮菜已经成为中国"南食"之佼佼者，俨然为一重要风味菜系的流派。靖康之耻，建都临安，北方名门望族及大批百姓南移，杭州城迅速繁荣发展，很多汴京人开设酒楼、食店谋生，当地固有的菜肴与北方及西南各地饮食频繁交流，烹饪技艺不断提高，名菜佳肴不断涌现。吴自牧的《梦粱录》、周密的《武林旧事》以及《西湖老人繁胜录》等野史笔记俱记载了临安城内饮食业兴旺发达的景象，以及遍布街巷的酒楼食店中琳琅满目的美味佳肴。

据《梦粱录》记载，临安城当时的诸色菜肴近300多种。赵珩先生在一文中抄录了《武林旧事》的记载，南宋绍兴二十一年十月，宋高宗临幸张俊府第，留下一份完整的御筵食单，食单所列的各种食品就有二百多种，这顿饭大概要从上午吃到傍晚了。张俊是陷害岳飞的大佞臣，以谄媚逢迎宋高宗为能事，这张食单亦可看出其生活的奢侈糜烂。"暖风吹得游人醉，只把杭州当汴州！"临安城内景色迷人，青山绿树，湖水粼粼，白堤苏堤，游人姗姗，画舫如织，艇船似梭。《梦粱录》上描绘，西湖上这些画舫，有长约 20 余丈及 10 来丈的各色样式，有可容百余人或数十人不等的大画舫，雕栏画栋，精工巧造，画舫上可摆筵席，且载有歌伎唱曲；亦有富豪自造的采莲船，船围以青布为棚，装饰得考究精致。西湖的游人，最多是文人，游湖吟诗。西湖边有一座著名的酒楼，名"半乐楼"，很多文人雅士留下了脍炙人口的诗篇。南宋爱国诗人陆游，也是一位精通烹饪的美食家。他的诗词中咏叹美味佳肴的篇章有上百首之多，在杭州也留下诗句："水明一色抱神州，雨压轻尘不敢浮。山北山南人唤酒，春前春后客凭楼……"山光水色的滋润，文人情怀的熏陶，四方食味的融汇，皇室气派的浸染，使得杭帮菜已经成为融南北特色为一体的新型风格的菜系流派了。

《梦粱录》记载："杭城风俗，凡百货卖饮食之人，多是装饰车盖担儿，盘盒器皿新洁精巧，以炫耀人耳目，盖效学汴京气象。及因高宗南渡后，常宣唤买市，所以不敢苟简，食味亦不敢草率也。"其菜品造型愈加细腻秀雅，讲究刀工刀法，注重柔和清淡的配色，口味清鲜，脆软腴润，以纯真精巧见长。

浙江的文人美食家多，名厨也多。他们留下一批颇有影响的烹饪典籍，也使得浙菜尤其杭帮菜更加富有文人气息。在宋代，有陈仁玉的《菌谱》、赞宁的《笋谱》、女名厨浦江吴氏的《中馈集》等；明代有慈溪名厨潘清渠的《饕餮谱》，其中详细记载了浙江等地的400多种精美菜肴；又有高濂所著的《饮馔服食笺》等烹饪书籍；明末清初的名士张岱也曾经在《陶庵梦忆》的《方物》一文中为我们列举了杭帮菜丰富多样的食材，如嘉兴的马鲛鱼脯，杭州的鸡豆子、花下藕、韭菜、玄笋，萧山的莼菜、青鲫，台州的瓦楞蚶、江瑶柱，浦江的火肉，绍兴的破塘笋、独山菱、河蟹，三江屯的蛏、白蛤、江鱼、鲥鱼等。浙北为杭嘉平原，水网密布，土地肥沃，农牧渔业兴旺，四时鲜蔬果物供应不断，再加上浙西及浙南的山珍海味，东南沿海的海鲜水产，为杭帮菜提供了极其丰富的优质食材原料。

张岱是一位有民族气节的遗民，明亡后披发入山，安贫著述，著作甚多，可惜流传下来仅余《陶庵梦忆》及《西湖梦寻》数种。他的小品散文被称为独绝，笔墨潇洒，情致隽永，文笔轻灵，精彩纷呈，一支笔写尽了西湖山水、园林景观、名胜古迹、风俗人物等方方面面。记闵老子茶艺的清绝，忆西湖蟹会之雅集，充分体现出杭帮菜为文人菜的文化品位。

清朝还有几位著名文人也与杭帮菜有关的，他们妙笔生花，记述了多种杭帮菜的精美肴馔，且对杭帮菜烹饪技艺的提高，促进其繁荣发展和扩大其影响，都起到了极大作用。戏剧家李渔著有《闲情偶寄》，其中"饮馔部"中推崇美食鲜蔬，以为笋为第一，蘑菇为第二，还大力推崇莼菜，并独特地将莼菜、蘑菇、蟹黄及鱼肋合烹，命名为"四美羹"。他喜吃鱼，嗜食蟹，提出食公鸭最具养神补气之功效。李渔晚年迁居杭州的"层园"，他的美食养生观颇为后世烹饪名家所重视。清朝康熙年间的大诗人朱彝尊，浙江嘉兴人，博通经史，曾经应博学鸿词试后任翰林院检讨，其诗名与王世禛齐名，同为诗坛领袖。他留下关于美食烹饪的著述二卷，名为《食宪鸿秘》，该书收录了400多种食品制法，较多的是江南地区菜肴，内容很丰富。另一位著名诗人袁枚写了《随园诗话》后，晚年又撰写《随园食单》，记载了340多种名菜佳肴、面点及粥、酒、茶的制法，还论述了烹饪操作中应该注意的事项、须克服的弊端及饮食理论等。

《随园食单》有重要的史料价值。袁枚是杭州人，他的这部烹饪学著作可称是给杭帮菜书写了浓重的一笔。随后，也有杭州人施鸿保在清朝嘉庆同治年间写有《乡村杂咏》，用170多首诗歌吟咏其家乡的食品菜肴，此书的手写本仍然保存在北京图书馆，也是杭帮菜文化形成的见证。绍兴人童岳荐的《调鼎集》也收有一些杭帮菜的烹饪制法，其中如糟火腿、东坡肉及醋搂鱼等，还是杭帮菜饭馆中所保留的重要传统名菜。杭帮菜中的文化品位与这些文人士大夫是紧密相连的。

　　在西湖白堤附近的著名餐馆"楼外楼"，可称是杭州城中最负盛名的餐馆。据说，晚清著名学者、经学大师俞樾原来寓居在广化寺东的"俞楼"，前来拜谒的文人雅士很多。俞樾在家中时常以醋鱼招待客人。以后，有商家从中看到了商机，借重俞樾的名望，在"俞楼"的外面又开了一家餐馆，便取名为"楼外楼"，意即"俞楼"之外的酒楼。楼外楼餐馆中，西湖醋鱼成了招牌菜，尤其经过几代厨师的不断摸索改进，此菜成为喧腾众口的一道名菜。1964年，周总理在杭州设国宴招待外宾，西湖醋鱼成了宴会上一道主菜。我去过几回杭州，其中三次去过楼外楼餐馆吃饭。头一回在楼外楼餐馆吃饭，是我两岁之时。先父携母亲与我回宁波老家探亲，途经杭州，有个好友便请我们一家人在那里餐聚。我那时还幼小，却执意自己也得有个座位，桌前有一份碗筷，引得父亲友人及服务员大笑，说我"人小鬼大"。我对此事已经全无记忆，还是先父生前将此轶事作为笑谈而提起的。以后，我两回到楼外楼餐馆吃饭，却是在90年代了，也都是朋友相邀。其中一次，请客的那位杭州友人点菜，当然首选是西湖醋鱼、龙井虾仁及虾油鸡等，服务员却说，龙井虾仁没有。因为那时是秋季，无法采撷到龙井新叶。若用旧叶，便做不出真正的"龙井虾仁"。我听了后，颇为这个名餐馆的这份坚持而心生感动。后来，上来一份清炒虾仁，友人介绍说用的食材是钱塘江的河虾。那虾仁鲜美脆爽的味道，岂是如今的养殖虾可比拟？桌上的菜肴，无不体现出杭帮菜的文化品格，清雅细腻，鲜美滑嫩，口味纯正，风味独特。还有那里的虾油鸡，据说也是用特地挑选的"三黄鸡"所制，味道浓郁，鲜嫩可口。

直至晚清，北京城的餐饮业还是奉鲁菜为正宗的。以"八大楼"、"八大居"、便宜坊、全聚德为首，几乎都是福山帮独霸一方。民国初期，北洋政府里南方诸省来京做官任教的人剧增，这些官吏与教授们收入颇丰，且个个都思念家乡的美味佳肴，于是，南方外省风味的餐馆就应运而生。那时，北洋政府的教育部、邮政部在西长安街，一家又一家经营淮扬菜、浙菜、闽菜的南方风味的餐馆便纷纷开设。它们的字号里都有一个"春"字，如经营淮扬菜为主的"同春园"，经营镇江菜及淮扬菜为主的"淮扬春"，以及"鹿鸣春""庆林春""大陆春"等等，这些江南风味的餐馆在京城号称"长安十二春"，也有人称其为"八大春"，取"十二春"中最著名的八个餐馆，与"八大楼""八大居"相对应。在《鲁迅日记》里就有林语堂邀请鲁迅在"大陆春"吃饭的记载。当时，京城里也聚集了一批教授、学者，例如梁启超、胡适、陈独秀、鲁迅、林语堂、钱玄同等人，这些人同时也是美食家，文人雅集，友朋聚饮，是一桩风雅事，淮扬菜及杭帮菜则更由此蕴藉了文人气。这大概就是江南地区菜肴——也包括杭帮菜在京城最早兴旺的一时期吧。

北京人喜欢追逐时尚，吃腻了鲁菜后，也都愿意换一换口味，便纷纷品尝淮扬菜、浙菜及闽菜。那时，北京人畏惧川菜的麻辣，品味川菜还未能形成风气。民国时期所谓"长安十二春"的黄金时代，很遗憾也不过维持了一二十年，民国政府的国都南迁金陵，一些政府机关也都迁走了，"长安十二春"失去了主要顾客，便纷纷衰落了。不少餐馆相继停业，仅有"同春园"数家餐馆勉强撑持下来。后来，连年战争，经济凋敝，北京的餐饮业元气大伤。直至新中国成立后，才陆续又有些南方风味的餐馆重新开张。杭帮菜重新振兴，复张声势，又在北京城红火一时，则是在90年代末期了。京城里纷纷开设杭帮菜新餐馆，以至于有些餐饮业人士还以为杭帮菜是新兴的菜肴流派。邱庞同先生在《古杭菜漫议》中说："其实不然。从历史上看，杭帮菜（扩大言之是浙菜）早就是中国菜的主要流派了。"他的那篇文章尤其谈到宋、元、清各代文人对杭帮菜的扩大影响及创新起到了很大作用。我的祖籍是浙江宁波，因此我一直对杭帮菜情有独钟，闻知有好的浙菜餐馆就要去品尝，哪怕是点上一两个菜，或邀一二位好友吃一顿小馆呢。可惜，我所品尝的那些浙菜的餐馆，如"淮扬春""孔乙己"等，其实大都是江南地区各菜系的混合，既有杭帮菜，也有苏锡菜，再兼之以"本帮菜"，可称为"江南菜"。譬如，孔乙己餐馆是我家较喜欢的一家餐馆，原本是以浙菜的绍兴菜为主的，后来也成为这样的大融合。我记得，崇文门附近以前确实有一家较纯粹的杭帮菜餐馆，也是我妻子发现的。我们一起去品尝过几回。我在那儿吃过一次西湖醋鱼，颇有些失望。其烹饪法及糖醋汁果然很地道，可菜肴里难掩一股土腥味儿。那天，我对一位浙籍老友直率说出自己的感受，他也悄悄点头，对我说："那可不是！我们在'楼外楼'吃的是钱塘江的鱼，可这里是养殖鱼！嘿，在北京，我们是吃不到真正的杭帮菜的！"他说的是实话，因为我们难以寻觅到真正的杭帮菜食材。

腌笃鲜的味道

记得还是前几年，友人朱伟曾经在《三联生活周刊》开专栏"有关品质"，写过一文，题目《腌笃鲜》。读此文时，我心中不禁会意一笑。朱伟兄是地道的南方人，至今吴音尚存，对腌笃鲜有怀恋之情是理所当然的。如今在京城一些南方风味的餐馆里，腌笃鲜这个菜，在菜单上还名列为比较高档的菜肴呢，这也是颇有趣的现象。

我父母江浙人，从小生长在上海，家中时常做一些江浙、苏锡风味的菜肴，腌笃鲜是少不了的。我记忆中，小时候只要闻到从厨房飘来一股浓郁的肉香，我就猜出母亲又在炖腌笃鲜了。所谓"腌笃鲜"，是若干鲜肉块与咸肉块，再加一些火腿块，还有百叶结、冬笋，炖成一锅鲜香味极浓的汤来。这在凭票供应的年代，肉类、蛋类奇缺，对于我来讲是极有诱惑力的。但腌笃鲜在京城不太好做，主要是食材难觅，其中的百叶结、冬笋，在那时的菜市场就极难买到，而较好的咸肉与火腿更是踪影难寻。每一回，家中炖了一锅腌笃鲜后，母亲总是遗憾地摇摇头说："这个，不能算真正的腌笃鲜！要吃正宗的腌笃鲜，还是要回上海！"我心里暗笑她，什么都是上海的好，难道南方的猪肉也与北方的猪肉味道不同？

后来，我却发现，真是那么一回事儿。

我几次去上海，就发现舅舅家里炖的腌笃鲜另有一番滋味儿，的确比母亲所做的更为鲜香。我问舅母，她告诉我，关键还是火腿。她做的腌笃鲜，放的是"雪舫蒋"金华火腿，而且总要放一些火爪，然后慢火炖成，有时一锅腌笃鲜要足足炖一天。由于放了火爪，汤汁显乳白色，口味鲜浓。我也恍然大悟，母亲炖的腌笃鲜为何味道稍逊。因为她在京城难以每次都买到地道的金华火腿，有时只好用云南宣威火腿来替代。宣威火腿虽然同是火腿，却未必见得合适做腌笃鲜。

过去，腌笃鲜是不入菜系的。美食家们认为，它原来不过是普通百姓的饮食，算作弄堂菜，甚至连本帮菜也算不上。本帮菜就是沪菜。各菜系从业厨师的师承及风格，以前谓之为"帮"。如鲁菜的"福山帮",浙菜的"杭帮",徽菜的"徽帮",而唯有沪菜则以"本帮"称之。本帮菜之特点,是多吸收江南各菜系之长处,尤其较多汲取苏锡菜风格,亦融汇了杭帮菜的特点。因上海是一座清末以后新兴的大都市,它的语言亦是宁波话与苏州话的融合,而本地语言浦东话却被视为末流。因此,这个"本帮菜"大概并不是指本地菜,而是指融合之本吧。其中虾籽大乌参、红烧划水等菜肴,口味趋甜,注重色泽,有着明显的苏锡菜风味。腌笃鲜亦是如此,其白汁清炖的风格,使原料精华尽出,原味不走,原汁不变,又极具淮扬菜特色。

这些年,腌笃鲜一跃而成沪菜中的名菜,较多的是北方食客们捧起来的。老上海则始终以为它的定位不高,仅能与鸡毛菜、炖黄鱼为伍,不过是弄堂菜而已。上世纪80年代初,我到上海出差,带了一个同事去舅舅家。舅舅及舅母提前得知我要去,专门为我炖了一锅腌笃鲜。我与那个同事突然而至,使得舅舅有些为难,悄悄将我拉一边,说是没有菜招待人家怎么办?我诧异地说,不是有一锅腌笃鲜吗?舅舅连连摇头道,这个菜是上不得台盘的!怎么能拿这个菜招待人家?后来,没有办法,还是只好端一锅腌笃鲜"上台盘"，却让我那位北方籍同事大快朵颐。及至十多年后，他还挺怀恋地说："我也算吃过不少名菜佳肴了，可我老是忘记不了那顿腌笃鲜啊！"

近些年来，人们似乎更在意健康养生，品尝美食已经不在于完全满足口腹之欲。美食的主流，也对膏粱厚味不再感兴趣，更趋于精致平淡。可奇怪的是，滋味鲜腴的腌笃鲜却依然拥有众多食客。前些年，我在江浙餐馆"孔乙己"请一批文人朋友，让他们点菜，一个作家冲口而出，要腌笃鲜呀！引得在座朋友们一阵哗笑。但是，那天要的腌笃鲜却并不怎么样，菜似乎做得很精致，据说食材也大多是从南方而来，也放的是"蒋腿"和新鲜冬笋，可滋味却远逊于舅母所做的腌笃鲜。

近日，有朋友送我们一只金华火腿。我家的阿姨是山西人，不知道如何处理此物，就直接切了金华火腿煮汤喝。或许是其中滴油部分未做处理吧，煮出的火腿汤犹如梁实秋先生在一篇散文里所说，是一股陈腐的油腻涩味儿。我却忽生垂涎"腌笃鲜"之意，于是极力撺掇躺在病床上的母亲，指导着阿姨又买来鲜肉、冬笋和百叶结，炖了一锅腌笃鲜。当一碗腌笃鲜的汤端上来，说实话，我的心理是极其复杂的。

因为我患有糖尿病且血脂较高，不敢再多吃肥肉油腻，已经有十多年未能尝到腌笃鲜的滋味了。如今，有真正的金华火腿，虽然其中没有咸肉，但也是聊胜于无了。由于长时间对于肥肉存有畏惧之心，我是战战兢兢喝下了一碗腌笃鲜的汤，颇有不管不顾尝美食的气概，大概与拼却性命尝河豚的心理相仿吧。连吃了几天腌笃鲜，妻子给我检查一下，果然血脂又急速上升，我不得不住口了。可我甚为满足，毕竟是又吃了一顿腌笃鲜了！

面条琐记

切成细条的面条是在北宋后期才出现的，那时叫"索面"或"湿面"。在此以前，汉代管所有的面食都叫"饼"。《倦游杂录》称："今人呼煮面为汤饼，唐人呼馒头为笼饼。岂非水瀹而食者皆可呼'汤饼'，笼蒸而食者皆可呼'笼饼'。"汤面因此也称汤饼，实际也就是如今的"面片儿汤"。可面片不是用刀切出来的，而是手揪出来的薄薄一片片的。

晋代文人束皙曾经作《饼赋》曰："充虚解战，汤饼为最。"赞美汤饼可吃饱肚子。他还在《饼赋》中描写，做汤饼要一只手托着和好的面团，另一只手往锅里揪面片，"握搦拊搏，面迷离于指端，手萦回而交错。纷纷驳驳，星分霤落"。汤饼也叫做"饦"，扬雄在《方言》中说："饼谓之饦，或谓之馄。"《齐民要术》则称麦面"堪作饭及饼饦"。饦与托谐音。因为面片要揪得薄，犹如蝴蝶展翅，也叫做"蝴蝶面"。吃汤饼，也是官廷中的常见饮食。《世说新语》里有一则记载，何晏面容白皙，魏文帝疑其抹粉。一日正值盛暑，故意赏赐其吃热汤饼。何晏吃得大汗淋漓，不住用朝服擦汗，曹丕才相信他生来就是这样的肤色。

以后到唐代，厨房中的设备复杂起来，开始用案板、刀、杖之类的工具来切面，不再用手托面团了，所以此时汤饼又叫做"不托"。但不托还是切成薄片儿状。比如五代孙光宪在《北梦琐言》所记载的"不托面"，便是以片作单位的。北宋后期，才有了细长的面条。到了元代，还有将面条加工晾干的挂面。例如，《水浒传》中第四十五回，就描写报恩寺和尚到潘公家送礼，其中有"些少挂面，几包京枣"。

过生日吃面条的习俗在唐代就有，源起为"汤饼会"。这本是古代庆贺诞育的礼仪。婴儿出生三日或满月时，亲友前来主人家祝贺，其宴席中一定要有"汤饼"，亦称"汤饼会"。以后随着时间推移，最初的意义由庆贺出生之喜，逐渐变成了生日宴会的"长寿面"了。《新唐书》中有一段记载，唐玄宗登基后，王皇后恩宠渐衰，向玄宗哭诉："还记得，你还处在藩邸时，你的丈人曾经用一件短袖上衣换来一斗面粉，为你做生日汤饼吗？"

民谚中有"冬至馄饨夏至面"之说，可见古代老百姓有夏至食面的传统。南朝梁宗懔在《荆楚岁时记》中记载："伏日，并作汤饼，名为'辟恶'。"又注曰："汤饼，即今之汤面。"也就是说，夏至食汤饼含有解灾去病的功能。有学者认为，这是因为古代祭祀祖神必用新麦做成食品，所以，人们思维里的麦食也就与神灵有了某种联系。此外，古人以为麦是生乎土，成乎水，变乎火的天生灵物，于是便将汤饼既看成能够唤来神灵的退热辟邪之法宝，也认定麦粉所做的汤饼有消弭灾病之功效。

我很喜欢吃面条，喜欢汤面，也喜欢打卤面、炸酱面及各色凉拌面。我父母是江浙人，饮食习惯也保留了南方习俗，家中平时多吃米饭，即便偶尔吃两顿面食，也较少吃"笼饼"即馒头、烙饼之类的面食，比较多是吃汤面、馄饨。我从小受此影响，有一种奇怪心理，总觉得吃面而无汤水，面条是难以下咽的。还记得，年轻时有一回去一个北方籍朋友家吃炸酱面，我勉强下咽了小半碗，就实在吃不下去了，从锅里舀出一勺面汤，掺和了炸酱、菜码，自制了"炸酱汤面"吃。那朋友诧异又好笑，便问我："你是不是觉得单是用酱油做的汤面，也要比炸酱面好吃？"我毫不犹豫地说："那当然！上海专门有一种用酱油做成的汤面叫'阳春面'，就很好吃！"那位北方朋友一个劲儿摇头，实在是搞不懂为何"阳春面"会比炸酱面好吃。不过，时迁日移，人的口味绝不是固定不变的。我自从进入中年后，越来越能够品尝出北方味道面条的美妙滋味了，比如炸酱面、麻酱面，还有山西刀削面、兰州拉面、羊肉烩面，都是我喜好的美食。可见舌尖的品尝功夫，也是与人阅历的增长相关联的。

美术家陈丹青先生写他回国后解馋，到吃早餐的饭铺想吃"阳春面"，拜托一位老板娘专门给他做了一碗。如今"阳春面"在上海或各个城市的确已成"绝迹品种"了。我也是对它情有独钟。有时候，我还在家中自制一碗品尝。倒少许老抽酱油，加一点儿醋，再淋极少的香油，再将煮好的面条放入碗中，滚沸开水浇入，撒一些青蒜，一碗清汤光水的"阳春面"就做成了。

我喜欢吃"阳春面"，与自己少年经历有关。

少年时期，我们全家随父亲赴湖北咸宁的文化部五七干校。我和母亲到乌龙泉小镇待了一年，又与父亲在向阳湖会合。从此，到咸宁县城探望妹妹（她住宿学校）的任务就交给我了。每个星期日，我必从大堤徒步跋涉二十里路奔往县城。到了那里，我要领妹妹逛一逛咸宁城的百货大楼，还要去邮局寄信，代连里的大人们买一些小物品，随后领着妹妹去小饭馆吃一顿饭。在饭馆里，我和妹妹往往要两碗面，一碗"阳春面"，一角钱一份，我吃；另一碗是肉丝汤面，三角六分钱一份，给妹妹吃。妹妹总要将肉丝再拨一部分给我，兄妹俩还推让许久。当时，我家的经济收入有限，不得不自觉养成俭省习惯。我平时与父母在干校中吃大食堂，每天是一餐又一餐清水煮洋白菜，自己能到县城里吃一碗阳春面，已经算是得到某种享受了。1971年暑假，妈妈又领着我和妹妹到上海探亲。我在上海的里弄口小饭铺吃到了真正的"阳春面"。果然，要比咸宁县城的一角钱一碗的清汤面更"阳春"一些。朝老板吩咐一声，"要重青！"也就是多加青蒜叶，然后筷子拨拉着筋道的面条，呼噜噜就着热汤狼吞虎咽，有时意犹未足，就再加上一碟生煎包子。

　　南方人吃面，多讲究浇头。除了阳春面，上海的饭馆面铺里也有大排面、牛肉面、肉丝面，甚至更高级一些，还有虾爆面、鳝丝面。但在那个时代，一般上海市民比较经济实惠的吃法，就是一碗阳春面再加一碟生煎包子。倘若要吃那些带浇头的面条，价钱一定要高出几倍。这样的面条，不过多出两块肉，或是少许鱼、虾而已，精打细算的上海人是不干的。"阿木林！"我的表哥撇一撇嘴道，"那是阿乡的吃法！""阿木林"翻译成普通话意即"傻瓜"，所谓"阿乡"是指外地乡下人，进城来懵懵懂懂地受城里人欺骗。

上世纪80年代后期，我又一次出差到苏州。那年月恰值陆文夫发表其名作《美食家》以后，苏州团市委的友人便带我去"朱鸿兴"吃面。因我采访一位老干部，厨房里的师傅还煞有介事地出来与我们握手，然后告诉我们，他们是特意用小锅为我们单煮的头汤面。几道菜吃过后，一碗碗面端上来，那是用很小的青瓷花碗盛的，每碗大约不到一两面，每人是三碗面，有鳝丝面、虾仁过桥面和熏鱼面。我品尝那一碗碗面，自然是滋味儿鲜美，可内心也恍然若有所失，甚至内心里质疑，《美食家》中的主人公朱自治每天清晨起个大早，就为了吃这么一碗面，值得吗？说实话，那一次到"朱鸿兴"吃饭，倒好像是参观游览名胜古迹，舌尖上的味蕾并没有什么新异的感觉。我临回京前，团市委的一位朋友又请我到他家吃一顿饭，也是吃面。他母亲端上来一大海碗橙红色油汪汪的面条，并且告诉我，这是浇了"秃黄油"的，也就是用蟹黄蟹肉酱做浇头的，那滋味真是鲜美绝伦！面条也筋道爽利。那一碗面大概是我平生品尝到的最上乘的面条吧。青年朋友告诉我，那汤汁里的"秃黄油"是其母自制的。他家每年秋天要买一批螃蟹，剥出蟹黄蟹肉与猪油熬成酱，密封贮藏在一小陶罐里，平时极少动用。

其实，真正的美食是在江南城镇的街巷闾里间，苏杭一带尤其如此。后来，也有人将此命名为"私坊菜"，那些中等家庭所制作的家常菜肴，哪怕是一盘咸菜烧黄鱼，一碟香荸烧豆腐，也是精工细作，鲜美适口的。

据说，世界各地人们制作的面条有700多种，而中国各式各样的面条也有上百种吧。我如今在家的午饭几乎顿顿是面条。春、秋、冬季吃热汤面，有雪菜肉丝面、榨菜肉丝面，偶尔还可把前一日的剩菜作为浇头，那就是自制的大排面、鳝丝面和熏鱼面了，有时候还把在饭馆里吃鱼剩下的鱼头、鱼尾和鱼骨带回，熬制成汤，那便是鱼汤面。

人到中年以后，我夏季在家则嗜吃炸酱面，也很喜欢吃麻酱面与打卤面，可后两种做起来比较费事儿，便不经常吃。

周家望先生在《老北京的吃喝》一书中有个精彩比喻，他说炸酱面与麻酱面都以酱为中心，酱如同旧诗中的格律，没有格律，就不能称其为格律诗，菜码虽好，只能算诗词华美，但没有酱就做不成诗了。譬如，麻酱面的主要调料是芝麻酱，将芝麻酱在水里细细地朝一个方向搅拌，再放一点儿盐，那水澥的芝麻酱汤汁要搅成棕黄色的稀酱，浇在面条上是喷香的。这便是麻酱面中的格律。但是，如今有的餐馆却拿花生酱代替芝麻酱，缺少了芝麻酱特有的香气，无论菜码怎样丰富，有萝卜丝，有黄瓜丝，有腌香椿头，也有开水焯的豆芽菜，又有花椒酱与芥末酱，样样齐全，没有了格律，便成了"打油诗"了。吃炸酱面，也同样如此。酱的质料如何是极其关键的。好在如今超市有五花八门的黄酱卖，再加上一半甜面酱，甚至再加点儿番茄酱，便算是将炸酱面这首诗的格律弄好了。但是，炸酱其实也是一个费功夫的细致活儿，我自己做的炸酱往往不那么地道，有时黄酱放得太多过咸，总不如妻子做的炸酱好吃。

我也很喜欢吃打卤面。过去，我母亲时常用鸡蛋花、肉丝和青菜等，再加上黄花、木耳勾芡作卤汁，以此拌面，叫做打卤面，家中也常常吃。后来我才知道，这面可称为卤面，却不能称作北京风味的"打卤面"。打卤面要将猪肉切成大薄肉片，放锅里煮。煮肉时最重调料，不可仅放一些花椒、大料、桂皮就完事，而应当按照时令节气配比中药，如砂仁、白蔻、蔻仁、茴香、贵通、丁香、甘草等，并且吃打卤面应当面少卤多，吃时不要拌面，拌后卤容易澥。喝卤吃面，感觉舒坦的是品尝卤本身的原汁原味。周家望先生对此也有形象比喻，他称打卤面更像是一篇散文，有"形散神聚"的意境，犹如京剧大师马连良先生的身段与歌喉，洒脱随意，尽显自然。去年（2014 年）春天，我在评论家牛志强大哥家里吃了一顿非常地道的打卤面，大嫂做的打卤面非常美味醇厚，让人至今难忘。

2005 年 1 月，我去山西某县农村下乡体验生活，在一个山区小镇住了半月。县文联副主席老贺陪同我，我俩一起在炕头与农民聊家常，赴边远小山沟自然村探访，在群山叠翠的峻岭间跋涉，看到了当今农村斑斓复杂的生活，真是大开眼界。我俩有时出外转悠一天，很晚才回来，赶不上乡政府食堂的晚饭了，就在镇上的饭铺就餐，吃一碗山西刀削面或是荞麦面。我很喜欢吃这种具有浓厚山西风味的面食，也跟着老贺学，还往面上再浇上一些熏醋，吃起来格外香。我一直以为，刀削面硬硬的，略带薄片儿状，直接用刀从面团上削下，或许就是从宋代以前的"不托面"演变而来。山西的很多风土人情其实都颇具古风，食物也是如此。

我在那里记了厚厚一本日记。那时，山西农村乡镇繁荣，新居密集，商店林立，小企业、小煤矿一时兴盛，荒山野岭的资源被陆续开发，但是，社会问题也很多，打工农民进城潮使得乡村青壮劳动力为之一空；嫖娼赌博败坏了社会风气，一些家庭因之分崩离析；乡村的贫困户增多，不少孤寡老人得不到应有的社会救济等等。尤其让人忧虑的是，山西官场的政治生态很糟糕，官商勾结，收受贿赂，买官卖官等腐败现象极为严重。我的隔壁房间，正好有一位浙江籍的投资商暂住。因我的祖籍也是浙江，我们俩便攀谈起来。他告诉我，这次来是办理撤资手续的。他原来与县里官员谈好，投一笔巨资准备开发矿藏，可哪里晓得此地的贪腐之风猖獗，需要层层打点，触犯了哪一级官员也不行。他只因为未打点好当地权势人物，有人就怂恿了当地农民号称开矿动了他家祖坟地脉，制造出一起聚众殴斗事件，结果公司还未开工倒要先打一场官司。浙江的投资商越说越气，历数一些当地官场内部黑幕。

老贺先是颔首微笑，后来也忍不住补充揭露一些官场内的丑恶真相。

一会儿，屋里进来了一位乡联校的副校长，此人姓刘，既是副校长，也担任帮助公安局派出所整理各种文字材料的"协警"，还兼任了镇派出所副指导员，是当地一位吃得开的人物。他见到浙江投资商，两眼发光，凑过去与其密语，还时不时捻着手指，作出点数钞票状，又干脆将浙江商人拉出门外，嘀咕了好一阵子。一会儿，浙江商人回屋告诉我们，说那位刘副校长自称能够帮助他摆平此事，可被他拒绝了。

次日上午，我与老贺本来要到一个山沟的自然村采访。刘副校长忽然找到我俩，嘱咐我俩上午不要出门，乡领导有事情找我俩。我俩到乡政府询问，却听说乡里主要领导都到县里开会了。我俩正在诧异间，浙江商人来找我俩，说是中午要请我们吃饭。原来，竟然是刘副校长打着我的招牌，要讹那位浙江商人掏钱请吃一顿饭馆！我很生气，说什么也不去。老贺无奈地摇一摇头，拍一拍我的肩膀，劝我还是应该去应酬一下子。中午，我与老贺到了小镇上最大一家饭馆，刘副校长已经找好了单间，还唤来五六个朋友，纷纷在那里翻阅菜单。浙江商人把菜单递给我，请我也点菜。我本来没好气地推开，可心中一动，立刻又拿来了菜单，装模作样翻阅几下，便对那个浙江商人说："这儿的刀削面很好嘛！我看，咱们就吃刀削面吧！"老贺心领神会地说："对，对！刀削面好，他喜欢吃刀削面，就来刀削面吧！"刘副校长茫然地说："这个……刀削面只是吃食，咱们吃什么菜呢？"我坚决地说："刀削面就行啦，还要什么菜！"老贺也附和道："来一碟油炸花生米就够了，不要别的菜啦！"浙江商人面露微妙的笑容，口口声声说主随客便，"那就吃刀削面好了！"然后，他看到刘副校长满脸失望的神色，可能是有所不忍吧，便又加了一盘炸带鱼。

那一顿饭，我吃得很畅快，连吃了两碗刀削面。

馄饨杂说

一

在我国的面点饮食中，是先有馄饨，后有饺子。有些学者因此推定，饺子是由馄饨演变而来的。汉代扬雄在《方言》中说："饼谓之'飥'，或谓之'饦'，或谓之'馄'。"而《齐民要术》记载有"水引馄饨法"，就是指我们通常所说的馄饨。把馄饨包成了偃月形，便成了如今的饺子。"饺子"一词，当时并未出现，它起源于南北朝，南北朝的北周文学家颜之推说，"今之馄饨，形如偃月，天下通食也"。后来，在新疆吐鲁番的一座唐代墓葬中，出土的木碗里还保存着完整的饺子，可见唐代已经形成了吃饺子的习俗，而且传至西部边远地区了。

民间谚语有"冬至馄饨夏至面"一说。此说可在陆游

《剑南诗稿·岁时书事》的自注中见到，还有周密的《武林旧事》卷三的叙述中亦可查索。由此可见，馄饨作为冬至节物的民俗在南宋前即流行了。完颜绍元先生编著的《中国风俗之谜》里，介绍了"冬至馄饨"的三种说法。

第一种说法是民间传言，此习俗由东汉末年的名医张仲景而起。一年冬日，南阳地区奇寒，连日阴雪，许多人难以抵挡严寒，被冻烂了耳朵。张仲景率领学生们在城关处搭棚，免费为冻伤乡亲们医治。他制成了"祛寒馄饨汤"，将羊肉及鸡血藤、桂枝等活血祛寒的中药放大锅煎熬，然后又做成馅料，又用薄面皮包成耳朵状，仍以原汤煮熟，叫"饫馄"，即"耳朵"的意思。每位冻伤者各食两个馄饨，再喝一碗祛寒汤，顿觉周身发暖，两耳起热，有很多伤者迅速痊愈。张仲景的义务施药从冬至持续到除夕，受到了当地百姓的热烈欢迎。因此，从南阳等地传开，人们每逢冬至便食馄饨，甚至以此来哄小孩："冬至不吃馄饨，就会冻掉两个耳朵。"作者完颜绍元先生质疑此说，因为，西汉扬雄的《方言》中就已经可见馄饨的名称，怎么可能是东汉张仲景所创呢？依我看，东汉张仲景所制"祛寒馄饨汤"一事未必是虚拟，很可能是他利用馄饨施药又赈寒，被广大老百姓所感念,因此形成了年年因袭的风俗,犹如"粽子"是人们怀念屈原而形成的节物风俗一样。

第二种说法,也有人认为馄饨是造物神话的模仿。中国古代神话里有盘古开天辟地的传说。神话中远古未有天地时,宇宙混沌,唯象无形,盘古孕育其间。一万八千年后,阳清为天,阴浊为地,盘古一日九变。天日高一丈,地日厚一丈,盘古亦日长一丈,最终垂死化身,其气化风云,其声化雷霆,左目化为日,右目化为月,四肢五体化为四极五岳,血液化为江河,经脉化为地理等等,甚至其躯体的虮虫亦化为各样生灵。所以,天地万物间都是从"浑沌"演化而来,"馄饨"这种食物即从此而得名。明代文人方以智在《通雅·饮食》中说:"馄饨,本'浑沌'之转……近时又名'鹘突'。"清朝的富察敦崇也在《燕京岁时记》中说,馄饨"颇似天地浑沌之象",其形其名,由此化出。

还有第三种说法,据《左传》《史记》记载,黄帝(帝鸿氏)有不肖子,品性凶恶,"掩义隐贼",天下人斥为"浑沌",意即不明事理。"浑沌"死后化为厉鬼,每到冬至即显灵捣乱,人们在冬至这一天裹食"浑沌",意在镇压。

关于"馄饨"一词的诠释,也有人认为馄饨与关中方言"浑全"谐音，体现老百姓追求圆满的心理。馄饨是一种较古老的面点，其因何而得名的各样说法，还有不少。

二

我的父母是江浙人，他们从小都住在上海，青年时才到北京来求学、工作，以后就在此定居。家庭中的菜肴饮食大都是南方习俗，很少吃饺子，却喜欢吃馄饨。

我母亲精于馔治，她所做的馄饨即上海人所称的"菜肉大馄饨"，皮薄馅大，且馅料颇精致。当然，其食材中的菜，最好是荠菜。可那些年，菜市场很少见售卖荠菜，那就只好用南方来的青菜（她称作"小堂菜"的）来替代。肉馅要多放，也要选好瘦肉。有时还要在馅料里放些剁烂的虾仁。母亲对这些食材的要求是极不含糊的，譬如绝不能用白菜来代替青菜，否则就不伦不类了。而且，一定要配以鲜美的肉汤或鸡汤。

这样的"菜肉大馄饨"，当时在北京城的饭馆里也很难吃到呢。除非是去"上海小吃店"，才可吃到"菜肉馄饨"和小笼汤包等南方小吃。或许在今天来说，这些都不过是普通食物。但是，在60年代的经济匮乏时期，这些食物却算得上是考究的了。南方的青菜，在北京很难买到，要专门跑去菜市场才能碰巧买到。父亲的单位是人民文学出版社，恰巧在朝内菜市场旁边，他利用工余时间就去逛菜市场，见到青菜或荠菜便立时买下，我们就可饱尝一顿"菜肉大馄饨"。有时候，还以"请吃馄饨"的名义邀约友人来此雅聚。我家那时住在小雅宝胡同的一座小独院里，是父亲用翻译《斯巴达克》的稿酬买下的，家里时常请一些文人吃饭。所谓"吃馄饨"，也是便餐小酌的一种形式，邀请四五个朋友，先端上几盘精致的凉菜，譬如母亲自制的白切鸡、醉肚条等等，再加上油炸花生米、凉拌黄瓜等时蔬，有时还要上一个腊味拼盘，客人们酒酣耳热后，随即给每人再端上一碗热气腾腾的"菜肉大馄饨"，可谓是简单又实惠的飨客之礼。

最近，我看了电视连续剧《末代皇帝》，剧中提到溥仪与续娶妻子李淑贤的婚配，是老沙介绍的。老沙，人民出版社的编辑，父亲的朋友。我记得他来我家吃过馄饨，席间父亲半开玩笑地把他介绍给其他朋友："这是老沙！也是'小皇帝'的媒人！"老沙自嘲地微笑点头："呵，呵，给皇上当媒人，也让我出名了！"人们哈哈笑起来。这个颇具谐趣的场景深深印在我童年的记忆里，可老沙的模样我却忘掉了。

后来，全家奔赴湖北咸宁的文化部五七干校。头一年，全家分居三处。我和妈妈住在武昌县乌龙泉镇，整整待了一年多，那儿成立一个家属连，我们在那里也是随大伙吃食堂。食堂仅有一位大师傅做饭，天天给大家做清水煮萝卜，间或换一顿熬洋白菜，连一堆烂叶子也掺在锅里，吃得我们肚子里都是清水。干校还宣布了纪律，不准向农民买东西，不准自己开小灶。我们一群干校的孩童就在农村孩子指引下，到田野和山坡上采摘野菜。那里有着很多的野荠菜，我们很快学会了辨认哪些是板叶荠菜，哪些是散叶荠菜，开始仅是拿回家洗一洗，用开水焯一下，淋少许香油，拌一些酱油，便是佐餐美味了。星期日，食堂那位大师傅照例仅做两顿饭，下午吃饭时间早，便允许家属可以自己搞一点儿夜宵吃。一天下午，妈妈提议大家包一顿荠菜馄饨，馅料仅仅是采来的野荠菜，还放了几根切碎的油条，可说是全素馅的。从那位大师傅处悄悄搞来的面粉不多，因此皮特别薄。一切因陋就简，馄饨汤是酱油清汤，少量淋一些香油。煮馄饨时，也是用镇上买来的黄泥炉子，烧些柴禾，用小锅煮。煮好了馄饨，头一碗先端给了食堂大师傅，他板正的面孔露出少有的笑容，呼噜噜狼吞虎咽吃完，连连点头道："有味儿！真是挺有味儿！不亚于饭馆的馄饨！"

那一顿荠菜素馄饨，是我平生吃到的最鲜美馄饨。由于用野生荠菜作馅料，就显得格外鲜香又别有风味。流寓异乡的窘迫处境下，饭菜简陋，口中寡淡，却意外品尝了如此美食，更加感到那碗馄饨特别珍贵。

三

我在1979年调到了团中央《辅导员》杂志。这家杂志已经停刊了十多年，复刊后一切工作都得从头做起。那一时期，我去外地采访和组稿的机会特别多，那时年轻力壮，将工作放到头等地位，时常与采访对象谈话时间很长，耽误了吃晚饭的时间。

那年月，各个城市的小饭馆还不很多，我就只好从小卖铺买一个面包啃啃充饥。正是经济改革的初始阶段，对小商贩的政策放开了。譬如，我去贵阳出差，夜晚街头就出现了很多的馄饨担子。馄饨担子的一头，是简易炉灶和汤锅，另一头放着木制的几层抽屉，装有馄饨皮、肉馅、酱油作料、紫菜、虾米皮等物。

顾客上前，馄饨小贩是现包现煮现卖，用筷子夹了肉馅飞快在馄饨皮上点一点，顺手又一捏，一个个馄饨飞快包好了。不到二十分钟，一碗热腾腾的馄饨，就端到了你面前。不过，那馄饨其实只是"揪面片"，馅料极少，甚至连"小馄饨"也算不上的。即使如此，馄饨担子周围也站着不少食客。这里，也成了我出差时经常光顾的地方。啃一个面包，再加上一碗小馄饨，有干有稀，也算是一顿满意的晚餐了。

最近翻阅80年代的日记本，其中有不少我出差时吃馄饨的记载，顺便在这里抄录1981年9月16日的一则日记，内容也是吃馄饨。日记中的人物老郁，名叫郁青。他是我当年在杂志社的上级，担任编委与辅导员组的组长。那一次，他带我去青岛调查某中学老师殴打学生的事件。这是我工作之余记下的生活片段，由此可见当年人情风物之一斑。

旅馆附近有个馄饨店，我们站在阳台上能看见它。铺面不大，可店主很聪明，在马路边搭了一座凉棚，安了十几张简易桌椅。好处是，既干净又凉爽，还可多招揽顾客。行人们见到里面那些端着热腾腾的馄饨碗的食客，便忍不住也要过去来一碗了。

刚出差到青岛那天，我和老郁就注意到这家馄饨店了。一出火车站，我俩未吃早餐，肚子很饿，转了几条街，却找不到吃早餐的饭店，无意间瞧见了这座凉棚，便走了过来。我俩来买馄饨，可挺奇怪，却要预先买牌子。而买牌子又要到街对面的另一个小铺里，我们觉得挺费事儿的。不过，那两碗馄饨却颇有水平，作料很丰富，有榨菜、虾米、鸡蛋丝、香菜末，汤是鲜美的肉汤，皮薄馅大。老郁原也是"老上海"，对饭菜的品评是较苛刻的，他也频频点头道："嗯，不错，很不错！"

团市委介绍我俩到华侨饭店住宿。我们发现，原来这个馄饨店就在旁边。有时，夜里工作晚，肚子饿了，就跑来吃一顿夜宵。中秋节那天，我和老郁从学校出门，决定到饭馆去吃一顿晚饭，权当慰劳自己。我俩却没有想到，青岛人过中秋节，所有商铺都关门了，从黄台路到人民路，竟然找不到一家营业的饭馆。我俩又去青岛饭店，也是大门紧闭。我俩绝了吃一顿饭馆的奢望，只想能吃到东西填饱肚子就成了，可别饿一晚上啊。路过人民路的冷饮店，我发现里面还在营业，我俩忍不住肚饥，忙进去每人买了一个面包塞进肚里，还顺便买了几个罐头。

回旅馆走到蒙阴路的街口，却发现馄饨店并没有关门，我们都挺失悔，不该干塞一个面包果腹，来这儿吃馄饨多好！虽然肚子已经饱了，还是每人又吃了一碗馄饨。

第二天早晨，我俩没有在饭店吃早餐，又到馄饨店吃馄饨。领了牌子，老郁嗓音洪亮地对那个卖馄饨的老板娘说："啊！我从上海到北京，也算走南闯北了。实事求是地讲，还真没见过这么好吃的馄饨呢！"

老板娘顿时笑逐颜开，与老郁搭讪着。我因为着急去占座，也没听清他们说什么。

片刻时分，老郁笑嘻嘻端着那碗馄饨走来了。他在我对面坐下，又从碗里舀了一勺榨菜给我，低声笑着说："我一夸她，她就兴奋啦！一顺手，抓了一大把榨菜给我，连她自己都觉得给太多了！就又说'你也分给那人一点儿吧！'哈哈！"

我忍不住大笑，差点儿将含在嘴里的汤也喷了出来。

小笼汤包之研究

　　梁实秋先生讲过一个小笼汤包的笑话：两位互不相识的食客在同桌吃汤包，一人咬汤包时汤汁喷到另一客人脸上。这一人并未察觉，仍然低头猛吃。另一客人也未声张，不动声色。饭馆的堂倌赶紧拧个热毛巾递给被溅到的客人，客人却徐徐摇头道："不忙，他还有两个包子没吃完哩。"

　　我也喜欢吃小笼汤包。不过，这种尴尬的场面却从未经历过。北京的小笼汤包，在和平门的"上海城隍庙小吃店"及几家杭州小吃店，都有得卖。可汤包中的汤汁能够充溢到如此满足，甚至直接溅到同桌食客脸上，倒是极其少见。大多数小笼汤包中都有汤汁，可吮一小口也就足矣。我母亲也会在家中自制小笼汤包，有蟹黄馅的，有虾肉馅的，汤汁也不很多。而吃到真正的汤包，所谓"皮薄如纸，汤如泉涌"，则是 90 年代初期在上海的一家餐厅里。

　　我去上海出差，舅舅请我到那家餐厅吃小笼汤包。服务员直接将两屉小笼汤包端到我俩面前，我见那小笼汤包一个个东倒西歪，汤包皮呈半透明状，颤悠悠仿佛可见汤汁。我自以为还是会吃汤包的，便用筷子夹住汤包下端，轻轻吮吸一口，谁知一口滚烫的汤汁含在口内，舌尖都被烫疼痛了。我吸溜溜地吐舌不已。舅舅是老上海，见怪不怪，瞟我一眼。他极老练地轻移笼屉里的汤包，每个汤包都迅速吮吸一口，飞快地将各个汤包的汤汁都吮吸净，才开始用筷子挑皮，徐徐咀嚼起来。据他说，真正会吃小笼汤包的老食客，就是要享受那一口滚烫的汤汁，汁液倘若是凉了，美食享用的趣味便降低了很多。

　　赵珩先生的《老饕续笔》内有《靖江汤包》一文，描述在江苏省靖江市吃到的蟹黄汤包，鲜香难以比拟，可称为靖江待客的名片，几个餐馆是一处比一处更胜一筹，实在是让人称羡。

　　关于小笼汤包的起源，饮食烹饪文化史专家邱庞同先生在《扬州面点史》中有所概述。他以为是起源于清代的扬州。据《邗江三百吟》的"灌汤包子"条引言："春秋冬日，肉汤易凝者灌于罗磨细面之内，以为包子，蒸熟汤融而不泄。扬州茶肆，多以擅长。"诗云："到口难吞味易尝，团团一个最包藏。外强不必中干鄙，执热须防手探汤。"邱先生认为，中国的包子源起于五代，宋代以后更加繁荣发展，包子的馅心品种甚多。但有关汤包的记述，则以《扬州画舫录》《邗江三百吟》记述最早和最详细。因此，他的结论是，"可以认为，'汤包'是扬州厨师的首创，在中国面点发展史上是最有影响的事"。

另有一位美国人，从大厨转行的美食作家克里斯托弗·卡维什，也对小笼包子进行研究，他的研究视野是另一角度。美国《洛杉矶时报》网站发表了记者朱莉·马基嫩的文章，介绍卡维什研究小笼包子。卡维什是美国佛罗里达州人，34岁，来中国之前曾经在迈阿密做过十年厨师。他看到小笼包子已经成为全世界美食家痴迷的食品，无论是上海，还是香港，台北，还是在南加州，买小笼包子的顾客络绎不绝。南加州的鼎泰丰阿卡迪亚分店，人们为了买小笼包子，甚至要排几小时队。于是，卡维什立志要研究小笼包子，并为小笼包子写一本书。

卡维什2013年底到上海，在这座城市四处探察，造访了52家餐馆。他对上海"尊客来"餐馆的小笼包子评价最高。他就在这家餐馆开始了研究工作。他一次就要了9屉手工小笼包。接下来，又用了整整一小时，用精确到1/100克的电子秤来称它们，用能够测量1/100毫米的电子测径仪来量它们，还时不时动用一把剪刀，好像在实验室似的，对那些小笼包子进行精确的分析和研究。

他忙于计算与测量，那9屉小笼包子只吃了2个，其他52个被放入外卖盒里。

卡维什就这么带着一堆电子秤及电子测径仪等工具，串了一家又一家上海餐馆，在50多家餐馆的成百上千小笼包子中进行精细的分析，其研究指标包括小笼包子皮的厚度、汤汁的多少，还有馅料的重量等等。"他甚至还开展了一项时间测验，看小笼包子离开蒸笼后结构如何变化，以确定吃掉这些热腾腾的小包子的最佳时间，以免包子皮变得太硬。"

卡维什写出了《上海小笼包索引》，那些数据被编入书中。他还"发表了双语形式、看起来很科学的图表，配有半开玩笑式的夸张语言和三角形简图，显示馅料与包子皮的比例、皮的厚度以及平均重量的分析等等"。《上海小笼包索引》使得卡维什在中国获得了名气，各地的新闻媒体都报道了此事。《洛杉矶时报》记者用谐谑的语言评价这份"索引"，"或许是有史以来最书呆子气的美食指南"。

有趣的是，上海尊客来餐馆在这份"索引"里名列榜首，得到了最高评价。可是，尊客来的员工们却对卡维什表示出厌烦。文中描写，卡维什大步走向尊客来的前门，但他突然停下脚步。"他们不欢迎我。"他皱着眉说。为什么呢？据说，尊客来的餐馆员工们所不爽的，就是卡维什评判小笼包子这种精美上海小吃的方式。记者在后文才一语中的，"因为烹饪在这里被视为艺术而不是科学"。

也许，这就是中西方文化的差异之所在。

西方人看来，烹饪应当是科学。所以，他们用解构主义的方式去分析馅料，去分析包子皮的厚度，去分析汤汁的浓度，甚至用图表的方式去研究其比例和重量。这么做，是一种科学实验的方法。文中特别提到："1984 年，哈罗德·麦吉的《食品与烹饪》一书把化学家的目光引入美国家庭的厨房。近些年来，'与奥尔顿·布朗一起做美食'这类偏重科学的烹饪节目成了美国有线电视的保留内容。"

而中国人看来，烹饪是一门艺术。曾经留洋欧洲的著名作家李劼人就说过："烹调是艺术，食谱不可妄标科学方法。譬如说某菜煮若干分钟，今试问之：用何种火具？而火的温度，究竟在华氏或摄氏之若干度上？如不能表而出之，则所云科学者，只是半吊子科学，亦只一知半解之高等华人信之耳。何况说到底，好的菜品，根本就不能太科学，例如用外国机器切刀来切肉丁，你用最精密的尺子来量，几乎每颗肉丁，其六面俱相等，但是你炒熟来，却绝对没有用不科学的手切出来的其大小并不十分一致的肉丁好吃。何也？盖面积大小相等了，则其受热和吸收佐料的程度亦相等，在味觉上显出的只是整齐划一和一种刺激，而参差不齐的刺激，好不好吃分别在此。"所以，李劼人先生也认为烹饪是一门艺术，说不上是科学。他不止一次说，吃是用舌头，主要在于品味。适口者珍，其他是次要的派生的。李劼人先生的这一番理论，未必是美国人卡维什所能真正懂得的。又譬如对小笼汤包的理解，我想，西方人也不一定能明白，汤汁为什么不盛到盘子里用勺子舀着喝，偏偏却要装到包子里去吮吸呢？还有，如我家的舅舅等上海老食客，又为何甘愿让滚烫的汤汁去烫到舌头呢？

　　但是，中国人虽然将烹饪看成艺术，却又并不排斥其中的科学道理。中国人也是包容的。卡维什的《上海小笼包索引》出版后，中国各地新闻媒体纷纷予以报道，就是一个证明。广州一家媒体还赞扬说："老外的认真和精细……会提高做事的效率和精确度。""这一点是值得我们学习的。"

罗斯福与鸡尾酒

外国人喝餐前鸡尾酒多在下午 2 点至傍晚。美国人把下午 5 时称作"鸡尾酒时间"。

鸡尾酒是酒吧、餐厅宴会的上乘饮料，又是社会活动和小型沙龙随意小酌的饮品。西方一些家庭在招待宾客时，常常根据来者的口味调制一杯鸡尾酒，简单又有情趣。

鸡尾酒会，国外常见立食形式，少设或不设座位，出席的宾客们可自由行动，自行择取食物，便于结交新朋友，轻松随意，不拘形式。这是西方人较喜欢的一种社交聚会方式。

关于鸡尾酒的起源，有几种传说。

有人传说，美国独立战争期间，纽约一家小酒店来一群军官要喝酒，可整瓶酒已经卖光，女招待灵机一动，将所有剩酒混一处，又从大公鸡尾巴拔下一根毛，把混合酒搅均匀,所有顾客都赞扬这种酒好,鸡尾酒无意中得以发明。

还有人传说,也是纽约州,一回斗鸡比赛中,招待们用参加斗鸡赛的鸡尾羽毛装饰酒吧,又在装有各种混合酒的杯中插一根鸡尾,入席者点到哪根鸡尾,即可尝到那一种酒的味道。

再一种传说,是某国王的驸马专门会调混合酒,一次忙乱中却丢了调羹,只好顺手拔下帽饰上的鸡尾来搅拌,因调出酒的颜色如鸡尾般鲜艳斑斓,人们就把混合酒称为"鸡尾酒"。

我知道"鸡尾酒"这个名称是在上世纪中期,阅读了美国小说《战争风云》之后。书中数次描写美国总统罗斯福嗜饮鸡尾酒,而且喜欢自个儿调制鸡尾酒,他还开玩笑地说:"我亲爱的,就是共和党人也承认,作为总统来讲,我是一个很好的酒吧间掌柜。"譬如,在招待书中主人公帕格一家及英国作家毛姆等人的白宫宴会上,罗斯福亲自调制鸡尾酒请宾客们喝。《战争风云》的小说故事虽属艺术虚构,但是如作者"前言"所称:"那些大人物的言行要不是根据史实,便是根据可靠的记载。"据说,作者写作此书时曾经系统阅读第二次世界大战的大量历史资料及人物回忆录。最近，我还读到一本美国外交家查尔斯·波伦的回忆录《历史的见证》，作者曾经在德黑兰会议中任翻译，他的回忆亦印证了小说中的描写。在德黑兰会议前，罗斯福招待斯大林的晚宴上，罗斯福亦亲自调制了鸡尾酒，作为一种礼节来招待斯大林。波伦写道："他把大量甜的和不甜的苦艾酒倒进放有冰块的酒壶里，再加入一点杜松子酒，然后很快地把这混合酒搅和，把它倒出来。"斯大林接过酒杯喝了，罗斯福问他酒味如何？斯大林答道："嗯，不错，可是它把胃搞得凉冰冰的。"其实，鸡尾酒本身就是一种冷饮，无论春夏秋冬都要加冰块以调节酒温。

鸡尾酒是一种即时饮品，随饮随配，不能储存的。它不分男女老少都适宜饮用。也有儿童饮用的鸡尾酒，其实是不含酒精的，只用各种果汁加牛奶、鸡蛋等调配而成，取名也颇有童趣，如"小猫之脚""矮神"等等。而成年男士则酒精度数更高一些，较受欢迎的如"曼哈顿""亚历山大""马提尼"等，如今还有加入中国名酒调配的鸡尾酒，也很受西方人的欢迎。

女士们饮用的鸡尾酒，除了讲究口味醇美，更为注重色彩的斑斓美丽，有的调酒师可根据各种酒的比重不同，在杯子里调制成多种色彩的鸡尾酒，比如"红粉佳人""血玛丽"和"彩虹"。

说到"彩虹"，又使我想起罗斯福总统在德黑兰会议结束后的晚宴祝酒词。他将不同的政治色彩比作"彩虹"，认为那是根据不同国家人民不同的习惯、哲学和生活形式而融成的政治理想，这样的不同色彩是可以汇合成一个和谐整体的。可惜的是，他的这番著名讲演并未成为现实。以美国为首的西方阵营和以苏联为首的东方阵营很快在战后发生对峙，那就是历史上的"冷战时期"。如今，冷战终于结束了，但罗斯福的"彩虹"政治理想可否得以实现，恐怕还是不容乐观。

不过，鸡尾酒倒是成为全世界公认的美味饮料，其颜色是赤、橙、黄、绿、青、蓝、紫七色，其味道则是酸、甜、苦、辣、咸五味。据统计，各国各地的鸡尾酒品种已达数千种之多。

黄酒与红酒

"灯红酒绿",这成语的出处是晚清吴趼人所著的《二十年目睹之怪现状》,在第三十三回描写其中人物玉生,"侧着头想一会道,'灯红酒绿'好吗?"此语描写灯光与酒色,红绿相映,令人目眩神迷,形容奢靡淫逸的生活,也形容娱乐场所的繁华景象。宋代的那些高档的酒楼、酒店,有娼妓陪酒的,门前悬挂红色栀子灯为标志,因此谓之"灯红";"酒绿"则如实记载了唐宋以前米酒的颜色,多呈绿色,这是因为酿酒时未能保持酒曲的纯净,以致制曲与酿造过程混入大量的微生物,使酒色变绿。

《三联生活周刊》发表刘朴兵先生一文,说唐代的米酒颜色以绿色居多,也有清白色的,有时还能酿出黄色或琥珀色的米酒,但比较少见。他们心目中,琥珀色的酒才是最优等的。可黄色琥珀色的酒产出寥寥,所以在文献中记载极少，至于用红曲酿造出来的赤红色酒则更加罕见。至宋代，随着酿造技术的进步，米酒中的酒精含量相对高一些，文人诗文中评价美酒佳酿，多用劲、辣、辛、烈等词。这时，在广大农村及偏僻地区，人们酿制米酒的技术还比较落后，宋人对村酒的评价较低，以为村酒不酸已是好酒了。在市面上，绿色的酒仍然很多，黄色的及琥珀色的则在高档酒楼作为较高级的酒类出现，"黄酒"一词也开始出现在宋代文献中，谓之"酸黄酒"。但是，从整体上看，宋代的"黄酒"仍然未跨入真正的黄酒阶段。那时，米酒酿造的标准不统一，五花八门。宋代朱弁在《曲洧旧闻》中专有一条谈酒的笔记，举了210多种名酒。北宋朱翼中的《北山酒经》，是论述造酒的专著，书中记录了13种酒曲的制法，有些曲子里加草药以增加酒的风味。宋代的配制酒也有一些新发明，如羊羔酒，是加了肥羊肉而酿成的酒。此外，还有狗肉酒、虎骨酒、蛇酒等。譬如，现在广东顺德还有一种特产酒，名叫"玉冰烧"，就是将酒坛里放入一块净肥猪肉，再将坛口密封，埋藏在地下十数年后取出时，那块肥肉已经融化，脂肪与酒精多年化合，酒味特别醇厚。这些酒被称为"荤酒"。

　　我国什么时候开始有蒸馏酒——也就是烧酒的？其说不一。目前在古籍中找不到明确的记载。较多学者们认为是元代从阿拉伯传入我国的。元代以后，由于蒸馏酒的出现，蒸馏技术的普及与推广，全国各地酿酒规模有了较大发展。但当时的烧酒并不是主流酒类，人们比较多喝黄酒。酿酒工艺的进步，使得有了时间较长的耐贮存的发酵酒，浅绿色的米酒消失了，大多数米酒呈黄色或琥珀色（人们谓之为"老酒"），我国古代的传统米酒才算真正进入黄酒阶段。

　　从明代直至清代中叶，平民阶层饮用烧酒，上流社会及文人雅士多饮用黄酒。《三联生活周刊》发表的另一篇文章中，记者王恺与张诺然认为，黄酒中有北酒与南酒之分，北酒产自河北、山西、山东等地；南酒是江南地区，以江浙为核心。明人薛冈在《天爵堂文集笔余》中记载："南茶北酒，非余僻论。余走北方五省，足将遍，所至咸有佳酿。北方水土重浊，而酿反轻清，不类其水土。至清丰吕氏所酿，又北酒之最上。南和刁氏稍次之，亦为北酒之上品。南则姑苏三白，庶几可饮。若吾郡与绍兴之三白，及各品酒，几乎吞刀，可刮肠胃。"北酒的生产工艺非常传统，号称尊崇古法，消费量比较多。其中的沧酒、易酒，属于典型的北派黄酒，明代已经很著名了。清初人说，"沧酒之著名，尚在绍酒之前"。清诗人朱彝尊也说："北酒，沧、易、潞酒皆为上品，沧酒尤美。"

沧酒、易酒拥有盛名，都得水之天成。沧州的酒家汲取运河水的暗泉即麻姑泉酿酒，沧酒因又称"麻姑泉酒"。易酒也因易州的水质甚佳，人们称为"泉清味冽"。山西的太原、潞州和临汾的襄陵，也都出产上品的黄酒，因其在酒曲中添加了药物，显得很有特色。当时，这些黄酒的知名度要远胜汾酒。这些北派黄酒分为甜苦两种，北京人称甜黄酒为"甘炸儿"，苦黄酒为"苦清儿"，后者的酒味与南派黄酒近似。如今，随着时光流逝，北派黄酒的名声逐渐被南酒代替，人们已经没有沧酒、易酒和潞酒的印象了，那些酒家的酿造工艺及设施也失传了，以至于大家都以为黄酒就是南方所产的"南酒"。

江南地区的南酒，无甜酒与苦酒的对立。绍兴黄酒不那么崇尚古法，而是注意引进新工艺，运用新技术，一直厉行开发新产品，且重视形成营销的产业链，最终战胜了北派黄酒。绍兴酒中著名的花雕、太雕、女儿红等，从清初开始就已形成整体风格，酒的质量大幅提高，那里的水土适宜酿酒，家家户户都酿，大型的作坊很多，形成统一程序、统一规格，甚至有统一的酒谱条例问世，质量得到保证。而且南酒运往北方，酒在气候寒冷的条件下不会变质。北酒则不适宜南方的温暖酷暑气候，酒比较容易变质。

绍兴黄酒压倒了北派黄酒中的沧酒和易酒后，尤其注意远销全国，分为供应京师等地的"京庄黄酒"，远销广东、南洋等地的"广庄黄酒"两大类。直至民国时期，绍酒的饮用一直在上流社会占有支配地位。北京城的大饭庄都是只卖饭菜，不供应酒。在饭庄中设宴，或是自己带酒去开坛，或是命饭庄让酒庄送绍兴酒来。文物收藏家周叔弢的公子周景良先生撰文说，当时营销于京津地区的"京庄黄酒"，酒色清澈，透明度相当高，其香味有一种清醇气味，丝毫没有糟味，可以与日本的清酒相比。而那时的"京庄黄酒"由于产自不同的作坊与私人酒庄，每一坛酒的色、香、味都各有特色。他还说，其父周叔弢老先生在各种酒类中最喜欢的是黄酒，认为黄酒的品格在一切酒中为最高。直到1949年解放为止，周父参加的宴会都是喝黄酒的，而且形成了一种规矩与惯例。酒席宴会上，"喝黄酒也有专用的酒杯，酒杯都有一定的形制，像饭碗形状，但小而稍扁，其容量为二两（16两一斤的旧制）"。原因是黄酒要热了喝，若杯中盛酒过多，未喝完就凉了。酒席中照例预备两个酒壶，因为热酒要一定时间。当其中一壶热酒供客人斟饮，另一壶热酒便在热水里保温加热。如此轮换，客人酒杯中的热酒供应便不间断。在民国时期，凡是上流社会的宴会，差不多都是用绍兴黄酒待客。唐鲁孙先生的文章也如是说。

我家过去保留了一整套酒具，专门为绍兴黄酒温酒的酒壶、酒碗等。民国时期，我的外祖父原在江阴城内开设制造黄酒的酒坊，酒坊名字叫"杜康"。解放初期，外祖父病逝了。上世纪50年代末，外祖母住我家。她喜欢喝黄酒，便从老家带来这一套酒具。那时候，家里时常买来整坛的黄酒，父亲与外祖母时常在饭前举杯小酌，一壶酒即泡在热水中。我记得，外祖母还经常将核桃仁捣碎，放入黄酒中，据说可有滋补之效。她喝黄酒时，也常常让我来尝一口。黄酒度数低，小孩子喝了也不至于醉。直至60年代初，外祖母又回到上海，家中喝绍酒的遗风犹存，但经济灾荒后的年代，京城市面上难以买到整坛黄酒了，只好去食品店零买。父亲很喜欢喝黄酒，尤其母亲做了好菜，或是来南方籍的朋友，总要喝上几杯。他们经常慨叹黄酒的质量越来越差，无论是善酿或是加饭，与过去"京庄黄酒"的质量相去甚远。以后，临近"文化大革命"的 60 年代中期，连那种质次的黄酒也买不到了，父亲便喝起了白酒。可他还是很怀恋黄酒。我家 70 年代中期刚从干校回京，母亲从附近的一个食品店买来了一瓶料酒，结果都被父亲喝光了。他还评价说，那酒相当不赖，质量胜过加饭。我 80 年代末到南通出差，途经绍兴，见酒店里卖十年的花雕，想起父亲嗜饮黄酒，便一气买了四坛。那时的绍兴花雕可说是价值不菲，我几乎花光了所带的钱，还朝同行的同事又借了钱，将那四坛酒装入了旅行袋里，小心翼翼地拎回了家。当父亲得知我买回了四坛绍兴花雕后，兴奋地搂住我肩膀嘿嘿笑着。当晚，他迫不及待开坛小斟一番。那四坛绍兴花雕，他喝了很久。

大约十多年前，丁东邢小群夫妇请我在后海附近的"孔乙己"餐馆吃饭。他们知道我祖籍江浙，选择了这个饭馆。记得那天也喝了绍兴黄酒，还吃了油炸臭豆腐、梅菜扣肉等菜肴。这个餐馆给我的印象很深，以后我又发觉，就在我家附近的南礼士路口，也有一家"孔乙己"的分店。它实际是集绍兴菜、杭帮菜及苏锡菜于一体的餐馆，其间的糟鸡、清蒸鳜鱼、干菜焖肉、龙井虾仁、东坡肉、鸡汁煮干丝、叫花子鸡等，都做得非常地道，菜肴风味雅致精湛，具有浓厚的江南风味。我与妻子很喜欢这个餐馆，每当宴请亲朋好友，都在这里订房间。这个餐馆有一个主要特色，就是向客人们供应绍兴黄酒，热过以后用锡壶盛之，每一位酒客亦有一套精致的酒具，可喝到经过保温的热黄酒。绍酒的味道很正，味觉醇厚，香气清雅。我们每次来这里用餐，必定要小酌一番。可惜的是，南礼士路的分店却在去年关张了，我们有不胜惆怅之感。

顺便提一句，2015 年，在美国进行国事访问的中国国家主席习近平偕夫人彭丽媛与美国总统奥巴马夫妇共同出席了在华盛顿白宫举办的国宴。据报道，在白宫的国宴上，奥巴马与习近平共同品尝了中式的南瓜月饼和绍兴黄酒。此事被各国媒体津津乐道地宣传，表明了绍兴黄酒也将走向世界了。

我因身体孱弱，难胜酒力，白酒可说是滴酒不尝，却喜欢喝一些黄酒，也爱喝干红葡萄酒。

我开始品尝干红葡萄酒，是在上世纪 80 年代。有人送父亲两瓶法国勃艮第的干红葡萄酒，父亲开瓶后也给我倒了一小杯，他对我说："这个酒度数很低，不醉人的。在法国路易十四时代，还被当成保健品，对身体是有好处的。"我品尝了一杯，很奇怪葡萄酒却无甜味，口味酸酸的，并不很喜欢喝。

1996年3月初，我去法国凡尔赛市探望在那里医疗中心进修的妻子付研，住在那儿近三个月。我们住的那幢小楼里住着一些来进修的外国住院医生。楼下有一个大食堂，食堂灶火上经常摆放着一些做熟的菜，冰箱里则放了许多肉类、蔬菜和鸡蛋，谁要吃就自己做了吃。大冰箱里还放了几瓶法国干红葡萄酒，我们就经常在餐前喝上一杯。那些酒的质量中等，多是法国波尔多产的干红葡萄酒，三年到五年的。

妻子常常要在医院里值夜班，我有一段时期时差没有倒过来，夜里经常患失眠症，红酒就成了我的爱物。我在睡前必定要在食堂喝一杯红酒，再吃一点儿沙拉，又去看一会儿电视，然后才醺醺然回到屋里。我在楼下喝红酒时，还结识了住在同层的几个巴拉圭医生。我们彼此语言不通，便借助着手势沟通，哈哈笑着，快乐无比。他们有时在灶上煎荷包蛋，也顺便给我煎上两个。我则不住地摇晃着晶亮高脚杯里的红酒与他们频频干杯，使得那几位巴拉圭医生变得异常活跃兴奋，不住地使劲拍着我的肩膀，做出各种怪样子，打着各种手势，还指着墙上壁画上那些赤裸男女嘎嘎笑着。后来，我才知道壁画上的每一人都确有其人，其中的两人就是两位在座的巴拉圭医生。

妻子要开展一些社交活动，常常带我去法国朋友家吃饭。这是一桩苦事，我实在是吃不惯法式烹饪方法的菜肴。一是这些菜的奶油味道太重，奶腥气几乎是冲鼻而来；二是他们做的鱼虾等菜也是腥味太重，且不放调料，据说是为了保留鱼虾的本来味道；三是菜肴里的肉类大都是化学饲料催成的，无论牛肉、猪肉，咀嚼起来如嚼锯末；而那些调味品如胡椒、芥末、鱼子酱则味道太冲，我很吃不惯。但是，我坐在宴席上也不能不动刀叉，妻子还不断朝我使眼色，为了社交礼节，怎么也得把那些菜肴塞入嘴里，否则就是对主人家的不尊敬。我就一边强咽下那些菜肴，一边大口喝红酒往下压。此时，红酒又成了我的恩物，它能冲散我嘴里残留的那些稀奇古怪味道，帮助我保持一副彬彬有礼的绅士派头。

说实话，我至今也未能真正精细地品味出红酒的醇厚味道。我喜欢它，是由于红酒的度数低，犹如喝黄酒，饮下一大杯也不过是醺醺然的半醉而已，我以为这才是喝酒的最佳状态。而且，酒醒后头也不疼，胃也不难受，不会给自己惹来无谓的苦恼。有人说，在啜饮高级红葡萄酒前，不要匆匆即喝，先要嗅一嗅其中的香气，可以闻出焦糖味、树木的气息，或果香味道。譬如，曾经被《纽约时报》称为"世界最有影响力的葡萄酒评论家"罗伯特·帕克就精通品酒艺术，他评价那些名酒时，便时常描述道：Oaky（橡木味）、Vegetal（青菜味）、Herbaceous（青草味）、Backward（晚熟）等。这些已经成为品味名牌干红葡萄酒的流行用语。一位友人请我品啜一杯高级红酒，并且不住问我："你闻一闻，是不是有一股橡木味儿？"我嗅一嗅，点头道："是的，是有一股橡木味儿。"其实，我自己也不清楚橡木味儿是一股什么味道，他说是我也就说是了，不过人云亦云而已。而且，那些随着罗伯特·帕克一起嚷的人，酒里是这个味道那个气息呀，可他们真的能嗅出其中那些微妙的植物或大自然的气息吗？我内心其实是颇存疑问的。据说，就是那些著名的葡萄酒品尝家也难以仅仅通过嗅香气、尝味道来辨别酒的品格，因为即使是拥有最杰出味蕾的人也会栽跟头的。1972年，西方曾经出现了"葡萄酒门"事件，五家经营葡萄酒的巨商将普通的餐酒伪装成法国法定产区AOC级别来销售，此丑闻传出，法国波尔多葡萄酒的行情大落，价格大跌。后来，在法庭上，法官询问涉案的一名酒商："你在试饮的时候，为何喝不出那瓶酒不是波尔多AOC级别的葡萄酒？"那个酒商说出了真话："这谁能喝出来呀？"

现如今喝红酒已经成为一种时尚，与其说人们喜欢喝，倒不如说是跟风喝。最近，美国的《华尔街日报》曾经有一则报道，说是一位爱喝酒的人专门贮存了几箱子干红葡萄酒，皆是1989年份的法国波尔多一级酒庄产的，他购买时不到200美元。可放了许多年之后，该款酒的零售价已经涨到了1.2万美元以上了。尤其是进入了网络化时代的葡萄酒拍卖行为，使得地处偏远的名酒藏家与投资者也可以进行交易，类似的故事也不是新鲜事了。

然而，真正能欣赏酒的人，能够感受出酒的品味的人，他们喝的是酒的味道，注重的是酒的品格，是不会跟着那些炫风去转的。

也是在周景良先生的那篇文章里说，在解放前的上流社会里，其实喝洋酒的富人很少，而是流行喝"斧头三星"的白兰地。那时，白兰地的酒色是浅黄色的，不若今日的颜色是深褐色。后来谓之"桌酒"属于软饮料的干红、干白葡萄酒，人们则全无概念，烟台的张裕公司和北京阜成门外的天主教堂才有少量供应。他说，在1942年及1943年，周叔弢老先生品尝了张裕公司售出的干红、干白葡萄酒"解百纳"与"雷司令"，认为这两种酒的品格很好，逢人便大大夸赞。而且，他每次都买五六瓶，放在冰箱里稍微冰冷一下再喝，味道更佳。当时，这些酒在市面上并不流行，知道的人也不多，周叔弢老先生可谓是中国红酒文化的先锋矣！

现在张裕公司的"解百纳""雷司令"以及"长城"干红葡萄酒，已经在社会上逐渐流传开了。当然，它们的价位远远不如法国干红、干白的那些名牌葡萄酒，比如勃艮第与波尔多。不过，周叔弢老先生毕竟是真正精通品酒艺术的高人，他的口味是真实的。我也很喜欢张裕公司的"解百纳"。还记得，我有一回故意将一瓶价钱昂贵的"拉菲"红酒与"解百纳"，各放在一个杯子里轮流品尝，说实话很难分出伯仲来。这使我想起了那句名言："盛名之下，其实难副。"那些价值不菲的法国名牌葡萄酒，其品味不过尔尔！周景良先生的话是对的："然而，即使对于这种酒文化陌生，但对酒有品位的人，好的东西就是好，是吃得出来的。"所以，我也相信，中国产的干红、干白葡萄酒将来也必定会在世界的市场上占有它的一席之地的。

咖啡趣谈

　　喝咖啡，也成了如今交际场合的一种应酬方式了。有时，与不太熟识的人见面，或与朋友谈事情，就时常到咖啡厅去喝一杯咖啡。服务员为你送上一份价目表，内里咖啡的名目一定很多，可你不必认真对待，因为国内大多数咖啡厅绝不会给顾客现煮咖啡的，总是给你冲上一小袋速溶咖啡。现在，又有所谓"三合一"咖啡，将咖啡、牛奶、糖合而为一，饮用起来就更便捷了。

　　不过，先父生前甚为鄙夷速溶咖啡。他总是说，那是给不会喝咖啡的人喝的。速溶咖啡减弱了咖啡的香气，还有什么味道？他年轻时就嗜喝咖啡，晚上翻译写作，先要煮上一大壶咖啡，好在开夜车时提神醒脑。这把金灿灿的咖啡壶还留在家中，已有数十年未使用了。我记得，他那时煮咖啡很认真，抓一把碾碎的咖啡豆放入壶中过滤器里，就守在火炉边频频看表，有时还干脆把闹钟放一边。据说，煮咖啡的时间要计算精确。否则，时间短了香气未溢出，时间煮长则香气会跑掉的。喝咖啡时，他也从来不放糖，而是将很浓的清咖啡放进精致小杯里，轻啜一口前，先放在鼻子前嗅一嗅香气。这些派头，都是和一位工商界人士倪先生学来的。倪先生原是王府井中法药房的老板，一生嗜喝咖啡。两个女儿当时在美国，定期给他寄一袋巴西出产的咖啡豆。我小时候随父母去他家，他就兴冲冲亲自到厨房煮咖啡，当端上一杯又一杯香气扑鼻的咖啡时，他指一下茶几上的那盘方糖说："你们要不要放糖？"又自得地说："哈，我是不放糖的。真正会喝咖啡的，是不放糖的。"

1996年春天，我与妻子在法国住了三个月。巴黎街头处处都是小咖啡馆。塞纳河旁也放置一些轻便桌椅，一群一群的人悠然自得地坐那里喝咖啡。我与妻子玩累了，也坐下来喝一杯咖啡。那大都是清咖啡，不放糖，啜着清香微苦的咖啡，望着涟漪阵阵的暗绿色河水，望着偶尔驶过的游船，再望着远处巴黎老区的幢幢旧式小楼，有一种纤徐纯净的愉悦感。

我们在巴黎认识一位朋友让·克鲁先生，他五十多岁，有着旧式绅士风度。我们临回国前，他郑重地约我们喝咖啡。我说，在那些街头的小咖啡馆，随意地喝一杯咖啡，聊一会儿天，也就行了。他固执地摇头说："我请你们喝咖啡，是正式的。"那就是要去一个高档咖啡馆，有优雅静谧的环境，有地道可口的咖啡。他带我们去了巴黎的一家高级咖啡馆，房间里只有很少几人，墙壁挂了油画，还飘荡着悠扬的音乐。我们坐了两个多小时，花了一百多个法郎。自然，喝的那一杯咖啡是现煮的，我戏称喝这样的咖啡是"喝派头"，不完全在品尝咖啡，而较多地着眼于情调、氛围与心境的享受。可是，它未必如那些街头小咖啡馆随意自由。也许，更根本的原因是我们囊中羞涩，其实是喝不起这种"派头"的。我们是寒士，钱包里没有大把的钞票可往外甩，心中无底气，这"派头"就会显得虚假。可我虽然并不喜欢这样的喝法儿，有时又不得不以此作为自己的应酬方式。我们实际都难逃世俗环境制约，时常要做自己不喜欢做的事情。

现在，喝咖啡也成了我的一种生活习惯了。当然，是每天早晨冲一袋速溶咖啡，再冲一些热牛奶，作为早餐饮料。我喝咖啡时，更喜欢巴西咖啡。以前，我以为号称"咖啡王国"的巴西就是咖啡故乡。后来才得知，咖啡的真正故乡是在埃塞俄比亚，1727年才传入巴西的。至今，埃塞俄比亚人仍然酷爱喝咖啡，而且喜欢在咖啡中放一点儿盐，以为这样的味道才独特。他们以此作为隆重的礼节来待客。

　　各国都有许多人喜欢喝咖啡，而喝咖啡的习俗又有所不同。比如，英国人喜欢在咖啡中放入一些芥末，使之更富于刺激性。美国丹佛人却喜欢在咖啡中加入少许番茄沙司，我喝过这样的咖啡，实在是一种难以下咽的怪味道。爱尔兰人调制的咖啡，则是在其中添加威士忌酒和掼奶油，味道可能也很独特。现在中国人嗜喝清咖啡的人很少，多数人喜欢喝牛奶咖啡，这种习俗是从澳大利亚传来的。在那里，客人在受招待前会被问道："你是喝黑咖啡，还是喝白咖啡？""黑咖啡"是清咖啡，"白咖啡"则指加入热牛奶的咖啡。

北京的传统糕点

从元代始，北京的糕点都称"饽饽"。清军入关，旗人喜吃的糕点流行，又称为满洲饽饽。据老舍夫人胡絜青先生说，那时不能把糕点叫点心，而呼名为饽饽，是有讲究的。中国封建社会的剐刑，也就是凌迟处死的酷刑最惨无人道。有的犯人亲属就重金贿赂刽子手，要他先一刀结果犯人性命，免得受零碎刀割之苦。扎向心脏的那一刀，谓之"点心"。所以，当时人们普遍忌讳"点心"两字。民国初，废除此酷刑后，饽饽的民俗称呼才唤做了点心。

北京城历史最悠久的糕点铺是正明斋，铺面原在前门外的煤市街，据说始建于明代中叶。它是北京糕点铺的"四大斋"（正明斋、九龙斋、聚庆斋、明华斋）之首，至清朝咸丰年间，其所制糕点为宫廷贡品。正明斋的糕点品种繁多，做工精致，原料所用的芝麻都须去皮。它的精品糕点有数十种之多，比如奶皮饼、干菜月饼、黄酥月饼、杏仁干粮、桃酥、蜂蜜蛋糕等。而且，还时常推出新款糕点，不仅受汉人推崇，也颇受满族人欢迎。正明斋所制糕点最出名的是萨其马，"萨其马"乃满语，是一种满洲饽饽。《燕中岁时记》载其制作过程，"以冰糖、奶油合白面为之，形如糯米，用不灰木烘炉烤熟，遂成方块，甜腻可食"。其次，正明斋所做的玫瑰饼也是盛誉京城，清初时就列入宫廷细点了。此饼以玫瑰花瓣做糖馅，清纯雅致，香甜可口。上世纪30年代张学良将军居京时，就嗜吃玫瑰饼，常派副官到正明斋来定做。

旧京的糕点铺往往打着"满汉饽饽"的旗号。其实，真正的满洲风味糕点并不很多，充其量也就是萨其马等几种。满人入关后，受中原文化影响，饮食习惯逐渐与汉族融合。那些饽饽铺故而多是汉族食品，少有真正满人风味食品。不过，清真糕点铺则在北京城独具风味。历史较悠久的清真糕点铺是大顺斋，明末崇祯十年创建。大顺斋开业的东家叫刘刚，南京人，乳名叫大顺，故而店铺名称为"清真大顺斋南果铺"，制售的清真糕点有南方风味。精心选料，不断创新，先是以糖火烧最为出名，以后又制作出百果墩、

一八三

姜丝排叉、糖耳朵、蜜麻花、咸酥薄脆等各种花色的清真糕点。大顺斋铺面在京郊的通县镇，地处大运河北端，颇得漕运之利，名声也就很快传遍了大江南北。一位老字号糕点铺旧人回忆说，北京过去各民族风味糕点，首先在用油上就有严格区分：清真糕点多用香油，汉族糕点喜用猪油，而满洲饽饽较多用奶油。顾客们细细品尝其滋味，当然各有特色。

糕点业以前在京城的商市中占有一定地位。上世纪20年代，糕点铺就有175家。到了日伪占领时期，因为实行配给制，很多糕点铺得不到面粉、糖、油、蛋的供应，只好关张。抗战胜利后，内战又起，国民经济一片凋敝，糕点铺更是纷纷倒闭。解放以后，老字号糕点铺已经剩不了几家了。先父上世纪50年代在人民文学出版社担任编辑，白天上班，晚上业余时间翻译写作，时常要开夜车，所以嗜喝咖啡，宵夜时也经常吃一些糕点。他常专门到"毓盛斋"买萨其马、八珍糕、玫瑰饼和桃酥等放在大饼干盒里。这个饼干盒就成了我童年时觊觎的对象，时不时从里面偷出一块点心吃。父亲抱着慈爱宽容的态度任我偷吃。

记得周作人曾写过一篇文章，慨叹北京已经没有好吃的糕点。这是一篇名文。回头再看如今北京的那些老式糕点，似乎也在走着下坡路。它们历史上先受到南式糕点的冲击，现在又受到西式糕点的排挤。我妻子和女儿都是喜欢吃一些西式小点心的。有一回，我买了萨其马回来，妻子就告诉我，那里糖太多油太多，不利于身体健康的。还有一次，我在一个糕点铺见到了久违的"自来红""自来白"，兴冲冲买回来大快朵颐，可咯嘣咯嘣嚼到点心馅里的冰糖块，内心又隐约有着顾忌了。毕竟年代不同了，传统糕点的营养成分及味道花色都有些不合时宜，也需要做一些改革创新才能生存和发展了。

京城消夏小吃冰碗与冰盘

　　冰碗是北京小吃中应时消夏鲜品，清末民初在什刹海的荷花市场上售卖。清末以后，每年五月端阳至八月中秋节，什刹海开办荷花市场，占西岸沿堤一边的便道，小贩们搭棚售货，就有卖冰碗的。冰碗中有切片的鲜藕，去皮的核桃仁及杏仁，去芯的鲜莲蓬子、鲜菱角、鲜老鸡头（芡实），加清水蒸五分钟蒸熟。荷叶洗净，撕成小片，开水稍烫后，再用凉水浸凉，垫在碗底，将各色鲜果置荷叶之上，在碗底垫上天然冰的小碎块，加浇上白糖熬成的糖汁水即可。有时，为了口感更好，酸甜适中，还会放上两三片山楂糕。因为冰碗的主要原料是鲜果，冰碗又称"冰果"，亦称"河鲜儿"。《天桥杂咏》有诗赞曰："六月炎威暑气蒸，擎来一碗水晶冰。碧荷衬出清新果，顿觉清凉五内生。"冰碗是当时北京人颇喜欢吃的时令小吃。

冰盘则要更精致一些。当时，什刹海边上有会贤堂。会贤堂是一所高级饭庄，所处之地风景绝佳，面临什刹海粼粼水波，拂拂柳叶；东北可欣赏蓝天白云下鼓楼与钟楼嵯峨挺立，东南则可远眺景山绿树葱郁中掩映的依稀亭阁。冉冉荷香，清幽美景，著名文人沈尹默先生曾经作《减字木兰花》一首："会贤堂上，闲坐闲吟闲眺望。高柳低荷，鲜愠风来向晚多。冰盘小饮，旧事逢君须记省。流水年光，莫道闲人有底忙。"这首词的"冰盘小饮"，就是说会贤堂的镇店佳肴"消夏大冰盘"。所谓"盘"，取自后海的大荷叶，用冰窖里存的天然冰附于其上，中间放置白莲藕，此藕又称果藕，因其纤维少，水分大，特别脆；藕旁又码上西瓜瓤，一白一红，相映成趣；周边还有竹叶青及羊角蜜两种香瓜，再将鲜核桃仁、鲜莲子、芡实、荸荠置于其上，然后撒上台湾绵白糖，放上杭州运来的鲜花，吃客手捧而食之。这样一份冰盘，价钱是大洋八角钱，在那时可谓价值不菲。

我读台湾作家高阳先生的长篇小说《曹雪芹》，其中描写书中人物方观承长途奔波回京，在大栅栏的南酒店喝酒，要了一壶花雕，一碟兔脯，又要了一个冰碗。可见高阳先生对北京小吃甚为熟稔，在他的作品里常常可看到这样意趣横生的描写。但是，清朝雍正年间，京城市面可否有冰碗卖，却是颇成疑问的。这是因为，当时北京的夏季用冰，只能用天然窖冰。窖冰长期为官府垄断，除了官方管理的"官窖"外，清制仅"铁帽子王"方可设"府窖"，清末以前完全禁止民营。北京城仅有少数几座"官窖"与"府窖"，只向宫廷、衙署、祭祀坛庙及少数王公贵胄们提供用冰。老百姓是绝对用不起"窖冰"的。因此，当时的酒肆未必会有冰碗可售。直到清末，才开始有民营冰窖。最早设窖储冰的，名叫方柏根。他在永定门外西护城河南岸买了六亩地，然后将其冰窖"挂靠"在了肃王府，所储之冰除无偿满足王府使用，还要交一千两银子。这使得京城有了第一家官办私营的冰窖。"民窖"由此才逐渐放开经营。此外，朱小平兄所写的《什刹海忆旧》一文中考证，什刹海的荷花市场的形成也大约在清末以后，因此，我以为北京小吃的冰盘与冰碗，可能也在那时才出现。

北京城用窖冰的历史久远。据史料记载，明万历年间，京城已有德胜门冰窖及北海东侧的雪池冰窖，专供宫廷用冰。窖冰行业一直存在，甚至到了上世纪70年代都在发挥作用。事实上，北京城一般家庭直至上世纪90年代才逐渐使用电冰箱。王敦煌先生在《吃主儿》一书，描绘了"文革"前时代只有少数家庭才用的"土冰箱"，是用带夹层的木板制作的，两层木板间填有厚厚一层锯末，内层用铁板制成。里面铁隔板间又挖有孔洞，使冷气可环绕贯通。其左半部有上、下两扇门，上面置一铁皮罩的木制盒，可置放天然冰。下面则有一铁皮焊成的方盒，皆天然融冰化的水。右半部可盛放需要冰镇的东西。"土冰箱"中存放的天然冰由冰厂按合同定时送到。在那些年月，能用得起"土冰箱"的家庭，也已算是很享受很奢侈了。可以在其中冰镇鲜肉、鲜鱼虾等物，亦可在里面冰镇啤酒、汽水及酸梅汤、绿豆汤等。而一般家庭只能用凉自来水盛在铁桶中冰镇，就连街上卖冰棍的店铺也用不起冰箱，只好在铁皮箱中用一层又一层旧棉絮以隔热。那时的孩子们，哪怕买三分钱一支的红果冰棍，也视为一种很惬意的享受了。

闲话饼干

美国石英财经网站 2015 年 10 月 27 日报道，一块最昂贵的饼干，最近在一次拍卖会上以 1.5 万英镑（约合 2.3 万美元）的高价被卖出。这块斯皮勒斯－贝克斯公司制作的"领航员"牌饼干，来自 1912 年"泰坦尼克"号轮船沉没事故中把乘客运离沉没轮船的一艘救生艇上的救生包。"卡帕西亚"号救生艇上的乘客詹姆斯·芬威克当时捡起了这块饼干，他没有想到这块饼干居然是世界上最贵的饼干了。拍卖目录上写，据拍卖行所知，这是唯一在"泰坦尼克号"沉船事故中幸存的饼干。100 多年过去了，"泰坦尼克号"的魅力不减当年。所以，收藏家愿意一掷千金来收藏与此有关的记忆物品。

当代人常吃的饼干，其历史已经有 4000 年了。据说，考古学者们在古代埃及的古坟中发现过饼干的遗物。又据考证，真正成形的饼干要追溯到公元七世纪的波斯，当时制糖技术已经开发出来，最初制式的饼干在当地及阿拉伯半岛被广泛食用。直至公元 10 世纪左右，随着穆斯林对西班牙的征服，饼干开始传至欧洲，并从此在欧洲各国中流传。到了公元 14 世纪，饼干已经成了欧洲人午茶时最喜欢吃的点心，从皇室的御厨房到街巷间里的平民住宅，都弥漫着烘烤饼干的阵阵香气。

现代饼干产业是 19 世纪在英国开始发展的。哥伦布发现新大陆后，近代航海技术随着原始资本主义市场经济的扩张为欧洲强国所重视。在长期的航海中，面包因含有近百分之四十的较高水分，容易霉烂，不适宜作为储备粮食，所以含水分量很低的速成食品饼干产业便大兴起来。

饼干是明末清初由传教士引入中国的，著有《国榷》的布衣史学家谈迁曾有记载。清顺治十年，谈迁接受清朝弘文院编修朱之锡的聘请，任其幕友，共同从运河乘船至北京。在京期间，他经过朱之锡介绍，结识了德国来的天主教传教士汤若望。在谈迁所著的野史笔记《北游录》的"纪闻"部分中，就有"汤若望"的条目；而在"纪邮"的日记部分中曾经记载："晚同张月征饮葡萄下，啖西洋饼。

盖汤太常饷朱太史者，其制蜜麦，和以鸡卵，丸而铁板夹之，薄如楮，大如碗，诧为殊味。月征携四枚以示寓客。夜微雨。"当时，汤若望在清朝官至太常寺卿，管钦天监印务，与清朝高级官吏交往频繁。他将自制的饼干馈赠给了朱之锡，也使得寄寓在朱宅的谈迁可以初次品尝到饼干的滋味。以后，著名学者罗继祖先生在《堠户录·史札》中辑录了这一段文字。

自晚清以后，饼干就开始多有输入国内。那时在上海的外国租界里，就有外人投资开设的"威士文"饼干厂。在对外通商口岸的广州市，譬如在双门底的"拱北楼"商店，也有装潢精美的盒装饼干售卖。因价格昂贵，饼干还算是一种奢侈食品，仅仅少数外国侨民及中国富豪享受，在民间未普及开。机制饼干产业是在20世纪20年代后期才引进我国的。它作为一个新兴行业，由于是西法制作，香甜可口，整洁卫生，水分少，体积小，分量轻，便于收藏又易携带，包装华美，作为应酬馈赠与旅行干粮，均为简便，深受广大民众喜爱。因此，我国的饼干工业开始在广州、上海、沈阳等地迅速发展起来，其中以广州饼干产量最大，花色品种也最多，而上海饼干则因工业技术先进，产量大，销量也较多；沈阳饼干工业则以制作韧性饼干而著称。特别是到了解放以后，天津、北京、武汉等城市也紧紧跟上，饼干产业进一步迅猛发展。我国生产的饼干有韧性饼干、酥性饼干、苏打饼干、华夫饼干、曲奇饼与水泡饼以及夹馅等点缀性品种。近些年来，饼干的品种则更为丰富了，有甜味的巧克力饼干，也有咸味的蔬菜饼干，各类品种的饼干更加花色繁多。

在我的童年记忆里，先父施咸荣当年因辛勤译著，且翻译写作多利用工余时间，常常要写到深夜。因此，他时常备有一些小点心和饼干作为宵夜食品。我自小就对饼干很熟悉，也嗜吃饼干。我记得60年代还产有专门给儿童吃的"动物饼干"，一块块饼干造型大都是一些小猫小狗小猴子小狐狸小老虎等等，特别有趣，那是父亲的一些朋友送给我的。我吃以前，总要拿一块动物饼干在手中玩赏一会儿，然后充满孩子气得意地说："咬掉它一个脑袋！""咬掉它一个爪子！""小猫，我吃你，可别哭啊！"这种饼干其实是很有儿童情趣的。

我上的小学离家较远，上午常常到最后一节课就感到腹中饥饿了。父母就在我书包里经常放两块饼干，并且嘱咐我千万不要在上课时候吃。我在新鲜胡同小学读书，那是一个老校，对学生的各种纪律要求很严，尤其不准学生携带各式零食到学校吃。所以，我只好等离开校门很远了，瞧一瞧确实没有老师和同学了，才敢拿出一块饼干来匆匆大嚼。有一回放学回家的路上，我实在是忍不住饿了，虽然身旁有一个同学，我还是拿出了饼干吃，一块塞给那同学，一块自己吃。同学拿着饼干爱不释手，小心翼翼地放嘴边咬一小口，然后问我："这就是饼干吗？""是啊，你没吃过？"同学使劲摇摇头，说他从未尝过饼干的滋味。他小口小口地咬着，显得甚为珍惜。我想，他大概与谈迁品尝饼干滋味的心境是相同的吧，也是"诧为殊味"。这位同学出身于工人家庭，家中有很多兄弟姐妹，父亲的工资有限，因此家里糊口尚且困难，更别说买饼干来品尝了。所以，那次竟然是他头一回吃到饼干。这一经历让他很久不能忘记，以后还多次向我提起。后来，他还带我去他家，请我吃放在炉膛前的一片片烤窝头片，竟也是香脆可口。他笑问我："怎么样？这滋味儿跟饼干一样吗？"我连连说："这一点儿也不比饼干差！"他却大不以为然，还开玩笑地对我说："那好啊，以后你就拿饼干来换我的窝头片儿吧！"

　　此事恰恰说明了，即使在60年代，饼干在民间其实仍然是某种意义上的奢侈食品呢！我们生在物资匮乏的时代里，尤其是在大饥荒时期，因此在潜意识里，总是将饼干视为奢侈的高级食品，无论是曲奇饼干还是奶油饼干，实质上都被视为一种"高级点心"。在如今80后或是90后看来，可能算得上是很难以理解的一段历史奇闻轶事了。

　　我还品尝过另一类的饼干，即压缩饼干。我的堂兄是一位复员军人，参加过中越边境战争。他对我说，行军中，他们日日吃军用压缩饼干，真把他吃怕了。后来他复员了，竟然对饼干产生了一种抵制心理，无论是高级曲奇饼干或是鸡蛋饼干，见了就想呕吐。很长一段时期，他不愿意品尝任何饼干。我当时很难理解他的特殊心态，后来发觉不少军人也都有他的那种心理。我才逐渐地明白，此时的压缩饼干已经不属于糖果点心类了，而是抽取了水分的储备军需食品，那是不得已才食之的。

　　后来我去部队采访，与一位军官闲聊天时，不知怎么又聊起了军用压缩饼干，我说很想见识一下。他随即就从抽屉里拿出一包来，我掰下一小块放嘴里咀嚼，那军官笑着对我说："可别吃太多啊！吃了容易胀肚！"吃了以后，我果然就觉得嘴里干渴，喝水后胃里便有鼓胀的感觉。他对我说，他们将这些军用压缩饼干分发给农村兵时，再三叮嘱不可多吃，甚至危言耸听说吃多了容易撑死，因为很多人都不理解这一块小小的饼干，其实是将水分压缩尽了，入胃后就会大大膨胀起来。他还说，吃了压缩饼干直接入胃，胃里会感觉不舒服，很多人都是先将压缩饼干泡开了再吃，战士们管这种食品叫做"饼干糊糊"。

在我的长期写作生涯中，饼干与我产生了某种缘分。我目前已经发表的作品也有近 300 万字了，其中就有五部长篇小说。写作是一桩高强度的劳动，无论是脑力或体力都消耗极大，此间的疾苦真是一言难尽。我的写作又大都利用业余，只能尽量挤出所有可利用的时光，因此开夜车是免不了的。在写作长篇小说《黑色念珠》时，我的妻子付研正好去法国进修，两个女儿就寄住在母亲处，每天晚上我吃过晚饭就急匆匆赶回自己家里。那时一般是晚上七点左右，我沏一杯热茶便伏在写字台上写起来。一杯茶沏过四五遍后成了白水，就不知不觉已经到了深夜一点。为了明日还要去上班，我只好辍笔。这时，我的肚子也饿得咕咕叫了，就烧一杯热奶，吃上几块饼干，然后再爬到床上睡觉。对我来讲，那一顿宵夜特别重要。倘若未吃，或吃得不对胃口，往往便会影响夜里的睡眠。我开始对饼干的选择挑剔起来，开始发觉苏打饼干很好吃，因为它好消化，比起奶油饼干或是其他的高档饼干都显得更对胃口。后来，我又发觉超市还有卖蔬菜饼干的，吃起来更是有滋有味，就又改吃蔬菜饼干了。总而言之，我在临睡前更喜欢吃咸味的饼干，而不喜欢吃甜味的饼干。我自己至今也搞不清楚，这样的嗜好是跟胃里的什么酶有关系，还是我自己的奇怪癖好？

不管怎么说，我对饼干产生了特殊感情。当完成了那一部30余万字的长篇小说后，我瞥一眼字纸篓里残余的饼干包装纸，心中不由想到，正是那一盒盒的饼干帮助我完成了艰苦的创作劳动，饼干功劳大矣！

吃零食

吃零食被青年人视为社会上的一种新价值主张，似乎与传统道德的规训相对立。人类停滞在农业社会的发展阶段时，无疑一日三餐才是最合理的营养补给方式。零食却是一种浪费，一种奢侈，甚至是一种与贪、馋、懒有关的反道德体验。所以，他们时常要被长辈批评，就是零食当不得饭吃。

其实，零食又何妨作为吃饭的补充？一个正常人每日除去 8 小时睡眠，其余的 16 小时若是有零食填满空余的肠胃空间，对身体无害，反有益处。一位老人就说，他平时常常吃一些花生、核桃等硬果类零食，对他的长寿颇有裨益。毕竟，只把就餐时间规范在每日仅有三次、每次二十五分钟的僵硬格局中，是可笑的。况且，老人随着年龄趋高，胃的消化功能也逐渐减弱，每餐吃不了多少饭就饱了。吃得少，饿得快，当然想多吃一些零食作为补充了。

零食代表着一种潇洒，生活中的情趣。所以，它在日常生活中才获得了堂而皇之与正餐分庭抗礼的力量。既是偏离轨道，又是别样的调剂，零食的口味完全不必是甘美的，甚至可以有某种异味来诱发人的食欲，或是微苦，或是微酸，或是微辣，或是微甜，或是微咸，其味道更多的是偏离大众的口味追求，才可以补偿我们所处的平淡生活，从中领会出曲折的玩味经验来。

总之，须产生某种略感不适的异味，使人们久已习惯的口味体验偏离日常轨道，方能诱发出独特的食欲。正是这种不适感，才丰富了我们的美食之旅。

据说，在出土的汉代仕女墓中，已经发现了瓜子，这大概是历史上人们嗜吃零食的最早证据吧。周作人认为，落花生是明季自南洋入中国的。他以为葵瓜子大约是从海外传来的，或许与阿拉伯人有关。不过，我们经常将零食视为有闲阶级生活的一种方式，这倒是含有偏见的。我常见，一些忙忙碌碌的人们，在处理公文或在电脑前操作时，不忘捞点儿零食吃。一块巧克力、一片饼干、一小撮爆米花就能让人品尝一点儿异味而产生出隐秘的轻松感。

也曾经有人认为，零食原是游牧民族的习俗。长途跋涉的征掠使他们不能尽备口粮，只好把肉做成肉干，饼做成了馕，才能保证他们的后勤给养。因此，他们也就无法保证自己的一日三餐的标准就餐时间了，零食往往也就代替了正餐。那时的零食，更像现代人打工加班时的方便面，也是无可奈何时填饱肚子的食品。至于以后更为高级的那些零食，比如花生、瓜子、饼干、蛋糕、爆米花、薯条、蜜饯等等，其实质未必真是获得体能的营养补充，更充足的原因倒是某种对昔日规训的厌弃，或者是让机械式的生活变得更加曲折丰富的愿望。

现代人时常请喝一杯咖啡，或请喝一杯茶，以此作为商务会谈的包装，零食就是点染轻松气氛的最好装饰品。桌子上摆满了枣泥糕、松子糕、云片糕，再加上一盘南瓜子、一碟花生米，拈来食之，欣赏品尝时自然就放松了戒备感。琳琅满目的零食能够填补彼此猜忌的心理空间吗？恐怕未必。殊不知，零食带来的某种隐秘快感，无非是在紧张又枯燥的生活节奏中寻求一点儿安谧的感觉。那些零食，诱发出你的食欲，勾引着你的眼神，实质又在无意解构我们的日常生活。

品茗三题

茶雅

中国人饮茶，与中华传统文化同具悠久历史。相传在五千年的神农氏时代，"神农尝百草，一日遇七十二毒，得茶而解之"。这是记载在《神农本草经》中的故事。这个故事在江南地区广为流传。《尔雅》以及《诗经》《礼记》诸多古籍对茶多有记载，但古代指"茶"的字词有槚、茗、苦荼、过罗、物罗、酪奴等。据顾炎武考证，"茶"字是在唐朝中期以后才出现的。原为"荼"字，后来柳公权书写《玄秘塔碑》，裴休书写《圭峰禅师碑》将"荼"字减去一画，造出了"茶"字。顾炎武在《日知录》卷七的"茶"中还说，"自秦人取蜀而后，始有茗饮之事"。他认为，品茗饮茶的茶文化，是以秦朝对巴蜀的统一为开端标志的，自此后才在江南地区及川、鄂、湘等地区流行开来。

唐人封演的《封氏闻见记》的卷六"饮茶"条目称："茶，早采者为'茶'，晚采者为'茗'。《本草》云：'止渴，令人不眠。'南人好饮之，北人初不多饮。"他还指出饮茶与禅宗的关系。唐朝开元时期，泰山的灵岩寺兴禅教，"务于不寐，又不夕食，皆许其饮茶"。因此，饮茶的风气开始流行，城市及乡间墟集多开设茶铺，"煎茶卖之，不问道俗，投钱而饮"。

唐代饮茶的风气由南到北迅速蔓延。边疆少数民族由于以肉食为主，也嗜好饮茶。贞观年间，文成公主入藏下嫁松赞干布，就带去了茶叶及茶籽。唐代的茶业及饮茶之风兴盛，至公元758年前后，遂出现了"茶圣"陆羽撰写了《茶经》一书，这是世界第一部茶学的经典著作，记述了茶的起源、茶的产地及效用、茶的生产过程、饮茶器皿和风俗，以及与茶有关的各种历史资料。如宋人陈师道所言，此书有功于茶者，亦有功于世人。《茶经》的问世，实质上将品茗饮茶推到了艺术文化的层面，形成了茶道。

日本人向西方人夸耀其茶道为本国独特的艺术，其实承袭中国的古风。在唐代时，饮茶之风就与佛教共同传入日本，日本的嵯峨天皇便嗜好饮茶，也带动了朝野的贵族大臣们都有了饮茶的风尚。但在那时，茶叶及茶具完全靠从中国进口，饮茶成了奢侈之事，民间的茶道之风尚未普及。

12世纪末，日本的茶道之风已经渐趋衰落，是荣西禅师复兴了这一文化。1162年，荣西禅师从日本的福冈出发，到中国的宁波登陆，与另一日本僧人重源结伴往天台山，目睹了向罗汉献茶的仪式，激起了他对茶道的热情。29年后，他从中国带回了一些珍贵的茶树树种。引进的茶种一部分栽种在福冈的背振山，另一部分则给了拇尾山上高山寺的僧人。茶树栽种得很普遍，"禅茶一味"的茶道也大兴起来，这些茶道保留了很多宋茶道的遗俗。

著有《中国禅思想史》的著名学者葛兆光先生曾经撰有一文，以为茶道的中心是茶禅。他说，"而文人吃茶，却是真的吃茶，而文人吃茶要紧的是两大字：清、闲。这'清''闲'二字便有个禅意在"。中国文人雅士素来推崇清高，何为"清"？南宗禅六祖惠能谓之"虚融淡泊"，意即老子所云"见素抱朴"，或佛陀所曰"淡泊宁静"，下一赞语为"雅"。所谓"茶雅"，"正在于水乃天下至清之物，茶又为水中至清之味，文人追求清雅的人品与情

二〇三

趣，便不可不吃茶。欲入禅体道，便不可不吃茶，吃好茶"。古人士大夫认为，"好茶"的标准不在于香，而在清，"香而不清，则凡品也"。所以，北人嗜饮的香片，南人惯啜的工夫茶，或香而不清，或浓而不清，是难以算入"清茗"之列的。

但是，手中一杯清茗，却匆匆灌入肚中，却也无品茗雅趣了。《云林遗事·清泉白石茶》中记载，倪云林见赵行恕捧着茶杯大口大口牛饮，便怃然不乐，鄙视其："不知风味，真俗物也。"《巢林笔谈续编》卷下云："炉香烟袅，引人神思欲远，趣从静领，自异粗浮。品茶亦然。"

品啜清茗，除了得一"清"字，尚须有一个"闲"字。有闲心则静，心静神定，啜清茗而遐思悠远，世间忧烦，人世苦乐，功利扰攘，便都抛弃于外。在清茶一盂中品啜出淡雅清绝的静谧，从淡泊怡然的心境里品味出超世之感。也就是说，稍得浮生一日之闲，可抵繁华十年尘梦！

大约十多年前，我与一位同事赴杭州出差，忙完了公务，拟在西湖胜地游玩一日。一位杭州友人建议我俩去登玉皇山，此山在西湖与钱塘江之间，登山顶可览江湖之胜景，我们便由他带领而欣然前往。可惜，走到山下，还未及登山，却下起雨来。我们三人慌忙躲入路旁一个茶铺避雨。那茶铺内空无一人,仅五六张茶桌,放了一些粗糙的茶壶及茶盂。片刻,从后屋走出一个四十多岁的老板娘,她殷勤地招待我们,说是有真正的狮峰龙井雨前新芽,还有虎跑泉的水,问我们要不要沏一杯茶。杭州友人立即用当地话低低与她交涉起来,双方还略微争执几句,可我俩干怔着,一句也听不懂。老板娘进屋内沏茶时,杭州友人还跟进去了一会儿。他出来,低声告诉我们,他是去检验是否是真正的虎跑泉水。他低声说一声:"她是蒙不了我的!"须臾,老板娘端出茶水给我们,却不是将茶叶泡入茶壶后倒入茶盂中的,而是每人一个玻璃杯,玻璃杯中放了一小撮龙井茶,茶叶泡在杯中,碧绿可人,皆直立不倒,杭州人称"一旗一枪"。那杭州友人专门指给我俩看,老板娘在一旁得意地抿嘴笑。我俩以后才得知,这杯茶所费不赀,价钱是很昂贵的。

清人陆次云说龙井茶,饮过后颊齿留香,觉得有一股太和之气,无味而至味也。我们捧杯啜饮,仅仅啜一小口,听雨品茗,窗外是淅淅沥沥的雨声,屋内一片灰蒙蒙暗色,使人不由得生出一种略带忧郁的清静心境。大伙低声细语,东聊西扯,有时又无言缄默,呆怔地听着雨声。我们并不着急那雨下个没完，却私下盼它多下一会儿，也好延长此时听雨品茗的恬淡之情。

那天中午，我们还留在小茶铺每人吃了一碗雪菜笋片面，雪菜鲜美醇厚，笋片嫩而微甜。那一碗雪菜笋片又恰与龙井茶相辉映，原汁原味，味道清淡。一碗面吃下去，至今难忘，得其天籁之美味，实在充满山珍海味的华宴盛席中难以寻觅到，这也是另一种清雅吧？

吃过一碗面后，雨就停了。我们又在这个小茶铺里流连好一会儿，喝了用普通开水泡的龙井茶，才恋恋不舍地离开这里。阴晴之间，我们沿着湿漉漉的台阶拾级而上，雨后初晴，在玉皇顶凭栏俯瞰，既远眺了"左带钱江右枕湖"之美景，又遥望到四周犹如黄金镶嵌的八卦田，那是从雅境到雄阔之境了。

茶趣

茶兴于唐而盛于宋。至宋代，出现了更多的以茶为业的农民及大规模的官营茶园，饮茶也进一步发展。饮茶已成为普通民众老少咸宜的习俗，不再是贵族阔人家庭独享的高级消费了。茶已经与柴米油盐酱醋等同，成为开门七件事不可或缺的生活必需品。宋代宰相王安石就说过，"夫茶之用，等于米盐，不可一日以无"。

福建建溪茶即建茶的崛起，使得宋代茶叶烹沏技术愈趋精益求精。当时，最著名的是建州北苑采制的贡茶。太平兴国二年，宋太宗登基后，即派专使到此，制造宫廷专用的龙、凤团茶。饮此茶时，先将团茶敲碎，碾成细末后过筛，饮茶是取茶入盏，冲入沸水便可饮用。茶宴成为王公贵族、士大夫以及僧人们的时尚，以品茗为主，烧水、冲沏、器具、啜饮等茶艺须按程序而行。各式的茶宴、茶会中时常"斗茶"，亦称"茗战"，各自取出珍藏的好茶，煮水沏茶，彼此品评茶艺高低。

宋代茶文化变革的另一标志，是从制作工艺繁琐的团茶、饼茶开始向散茶演变。散茶，将采下的茶叶蒸青后，直接烘干，因呈现松散状而得名。其价格低廉，煮饮方便，在宋代后期已有取代团茶、饼茶的趋势，到了元代，散茶遂盛行于世。

据陆羽《茶经》记载，最早将饮茶用于商业营业目的，是在东晋时期。他引用了南北朝的一部神话小说《广陵耆老传》，描写一位老妇人摆设茶摊，其器皿中的茶水，"市人竞买，自旦至夕，其器不减"。大概这是我国古代原始型茶馆的发轫阶段吧。至唐代后，各大中城市的商业交往日趋活跃，茶肆、茶馆也就越来越多了。古籍《封氏闻见记》《旧唐书》及《太平广记》均有不少记载。北宋城市革命后，坊墙毁弃，市巷融合，店铺大兴，更促进了商业繁荣，城镇茶馆也由此风靡一时。据《东京梦华录》记载，北宋的都城汴京可谓茶坊遍布，鳞次栉比，皇宫近处的朱雀门外街巷，处处是民居及茶坊，"街心市井，至夜尤盛"。在潘楼东街巷东面的十字大街，则有专业茶坊，凌晨五更天就点灯做生意，其间有买卖衣服和小物品的"鬼市子"，拂晓即散。

张择端的《清明上河图》也描绘了汴京城大拱桥南端的茶馆，市民们品茗闲谈，凭窗远眺，一片繁荣景象。据说，当时茶馆、茶楼都有专业服务员，被称为"茶博士"。宋室南渡，偏安于杭州，奢侈享乐之风不改。《梦粱录》卷十六，专有"茶肆"一章，《都城纪胜》一书中也专门有"茶坊"一节。据说，茶馆和茶楼内的摆设极为考究，挂名人字画，以装点门面，茶坊中还"四时卖奇茶异汤，冬月添卖七宝擂茶、馓子、葱茶，或卖盐豉汤，暑天添卖雪泡梅花酒"。各色各类的茶坊，也就纷纭而起。《都城纪胜》及《武林旧事》，还记载了杭州城内的"花茶坊"，或称"水茶坊"，实质是一种变相的妓院，娼家以茶为由头，诱惑那些不正经男子到此处花钱买笑，如《梦粱录》记载的俞七郎茶坊、朱骷髅茶坊、郭四郎茶坊、张七相干茶坊等。还有《武林旧事》中记载的清乐茶坊、八仙茶坊、珠子茶坊、潘家茶坊、连三茶坊及连二茶坊等等。这些茶坊既是"都人子弟占此会聚处"，弦歌不断，卖笑争妍，亦是"卖伎人会聚处"，展示技艺，出卖声色，因此是"非君子驻足之地也"。这些茶坊中，还有一种人叫"提茶瓶"的，表面是烹茶人，实质则是"传语往还"，拉纤说媒的中间人，也就是过去妓院中的"大茶壶"，一种很低贱的营生。这时的茶馆已成为一个社会聚集点的小天地了，三教九流，各色人等，无所不有。

也许，有人要问了，这些茶坊中还有茶道和茶禅吗？其"雅意"又在何处呢？清净心又在何处呢？其实，这是又一种另类的"茶禅"。在中国的禅思想史上，禅宗发展至马祖一系，禅宗的修行方式也由直觉内思的顿悟转为自然体验，这也是由"清净心"向"平常心"的转化。马祖的禅风是，一切诸法，上而至于神圣的诸佛，下而至于污秽的厕孔茅坑，其本质是毫无区别的。所以，他们的口号是："佛学无用功处，只是平常事。""运水搬柴无非佛事。"他们以为佛、佛性是自然无为的，佛、佛性不可说是单一本体，倘若强言为佛，则触目皆是，也就是"万类之中，个个是佛"。于是，文人茶便向平民茶转化，清净心也向平常心转化，茶雅又向茶趣转化。一盂茶水，无论清浊，无论是士大夫还是贩夫走卒，皆可从中品味出自然之趣味，这未尝不是另一种"茶道"。

范祖禹的《杭俗遗风》中记载，临安城内亦有一种流动的茶担，称为"茶司"。卖茶水的小贩挑一副担子，有两个锡炉，亦有杯筷、调羹、瓢托、茶盅、茶托（茶船）、茶碗等，器具齐全，"最为便当"。他们所服务的对象多是下层市民，这些茶担具有便捷、便宜的大众化特点。明代末年，北京城街头的"大碗茶"亦是承袭了这种古风，一张小矮桌，几个板凳，十多个粗瓷碗，可供过往行人消暑解渴，歇息小憩，亦是三百六十行中的一行，它另有一种平民的乐趣。

我还记得，在上世纪 80 年代初，北京车站附近也有一处茶摊卖"大碗茶"，摆摊的是一男一女，都是下乡返城后待业的知青，约有二十七八岁模样，男青年留着长发，还蓄起了小胡子，时常百无聊赖地抱着肩膀吸烟，有点儿流里流气的作风。女青年略显老相，可干起活儿来极泼辣利索。整个茶摊都她一人在忙活，递碗，倒茶，收钱，还见她挑着两个洋铁桶的担子，从旁边的胡同人家里担来煮好的茶水，顺便呵斥着那位男青年招呼客人。那年月，我刚调到团中央一家杂志当记者，为了赶写一篇连载的长篇报道，日日去采访某位小学教师，中途换车就在那个茶摊旁歇息，顺便品尝一碗"大碗茶"。那茶水是淡褐色的，滚烫，微香，大概是茶叶店批发来较便宜的茉莉花茶吧，有时上面漂浮着几根茶梗，却是另有一番风趣的。我顺便就与那位男青年搭讪上了。他叫小罗，原是内蒙古插队才回城的，与那女青年小张刚结婚，两人都是在家待业的知青，因长期等分配找不到工作，街道办事处动员他俩就在此开设一个茶摊。他还说，这个小茶摊的生意还不错，勉强够两人维持生活。可是，街道办事处却要从利润中提成百分之二十，说起来他很激愤："哼，连这点儿也想扣我们的，干吗心那么狠呀！"

　　小罗颇为健谈，见人自来熟。我采访那位女教师须利用中午休息时间，采访毕坐车回来也就耽误了中午饭，便坐在茶摊旁喝一碗"大碗茶"，再啃一个果子面包，权当是中午饭了。他就跟我大侃其内蒙古草原上的生活，跟着牧民在风雪里放羊，在茫茫草原上初次学骑马，硬着头皮吃羊肉喝羊奶；三位知青要一天内宰杀七只羊，宰羊时如何将羊放倒，如何果断地下刀子，如何剥羊皮等等。他描绘草原插队的知青生活，真是绘声绘色。我竟然傻里傻气问一句："内蒙古的生活那么有意思，你干吗回北京呀？"小张在一旁忍不住咯咯笑出声来。小罗则眯缝起眼睛，捋着上着发油的长发，歪一歪嘴笑着说："嘿！你在损我，是不是？"我连连摇手辩白，说没有那个意思。小张瞟小罗一眼，撇一撇嘴说："他呀，就靠那张嘴皮子，会吹乎！"

　　那段时间，我几乎天天都要在这个小茶摊旁坐上片刻，喝一碗茶水，再听小罗神侃一番，说家常，叙往事，论时事，天地玄黄一气，此中另有一种浓浓的世间风情所在。还记得，有一回我出差到长春，去之前，又在那个茶摊与小罗东拉西扯起来，竟然忘了登火车的时间，小张在一旁跺脚说："还在那儿侃！瞅瞅几点啦？"小罗猛地推我一把。我悚然一惊，拎着旅行袋便往火车站跑，待到了列车前，已见乘务员张罗着要关门了。

可惜的是，那次出差后回来，我的工作又忙起来，约有半年时间未光顾那个小茶摊。以后又去一回，小茶摊已经撤了。是生意清淡，做不下去了，还是另有高就，我不知道。我心中唯有默祷这对青年夫妇今后能有好运气。每次路过那地方，我心中总有一股温暖的怀旧之情，想起那个小茶摊，想起那对知青夫妇。

茶人

《红楼梦》中的妙玉可算一个茶人。栊翠庵品茶一章，活脱地描写出她的清高孤傲，也写出她对茶艺的精通。贾母带了刘姥姥及众人到庵里，便要吃茶。"妙玉亲自捧了一个海棠花式雕漆填金云龙献寿的小茶盘，里面放了一个成窑五彩泥金小盖钟，奉与贾母。"书中写到的茶器，除了贾母的精致茶器外，给众人用的是一色官窑脱胎填白盖碗。而贾母所用的成窑茶盅，也只因递给了刘姥姥吃过一口，妙玉便嫌脏不要了。以后，她拉了宝钗、黛玉到房中喝体己茶，宝玉也蹭了过去，她给宝钗、黛玉所用的茶器皆是古董珍品，又用自己常日吃茶的绿玉斗斟茶给宝玉。宝玉抱怨给自己的是俗器，立刻招来妙玉的反驳："这是俗器？不是我说狂话，只怕你家里未必找的出这么一个俗器来呢！"读到这段小儿女间的斗嘴调侃，如品清茗，余味无穷。

　　茶艺所讲究的，不仅是茶器，还有茶、水、火。《红楼梦》亦有精致描写。妙玉捧茶去时，贾母道："我不吃六安茶。"妙玉笑说："知道。这是老君眉。"写到水，贾母问是什么水，妙玉回答，是旧年蠲的雨水。与宝玉、宝钗和黛玉三人喝体己茶时，黛玉随口问："这水也是旧年的雨水？"妙玉冷笑道："你这么个人，竟是大俗人，连水也尝不出来。这是五年前我在玄墓蟠香寺住着，收的梅花上的雪，共得了那一鬼脸青的花瓮一瓮，总舍不得吃，埋在地下。今年夏天才开了，我只吃过一回，这是第二回了。你怎么尝不出来？隔年蠲的雨水，那有这样轻浮，如何吃得。"这要比旧年蠲的雨水更高一筹了。由于是她看重人的体己茶，"妙玉自向风炉上扇滚了水，另泡一茶壶"，亦是她亲自点了火。

如此充满雅意的吃茶，作者是将品茗列为上等生活艺术，与赏书和鉴画同为士大夫文人的休闲雅事。袁宏道说："茗赏者上也，谭赏（清谈）者次也，酒赏者下也。"茶人对品茗的格调尤其在意，所以，妙玉笑宝玉要吃一海，嘲笑说："你虽吃的了，也没这些茶糟蹋。岂不闻'一杯为品，二杯即是解渴的蠢物，三杯便是饮牛饮骡了'。你吃这一海便成了什么？"说得众人都笑了。经妙玉教训，"宝玉细细吃了，果觉轻浮无比，赞赏不绝"。作者所言"轻浮"，也就是"轻飘"，恰如宋人吴淑的《茶赋》所言的"轻飘浮云之美"。

到了明末清初之际，茶文化可说到了登峰造极的地步。晚明文人茶风鼎盛，如唐寅、文徵明、祝允明、仇英、陆师道、王问等人既精于茶事，且对品茗的环境，空间的选择，茶水器具的陈设，审美氛围的营造，都更为执着。张岱所著的《陶庵梦记》中所记"闵老子茶"，其对吃茶的鉴赏之精妙，实在可称是茶人中的高远之士。周墨农向张岱推荐住桃叶渡之老者闵汶水的茶艺。头一次访桃叶渡，闵老子称其木杖丢在某处，便去取，张岱仍然留在原处等待他。闵老子见张岱品茗意诚，心喜，遂当炉煮茶，"茶旋煮，

二一五

速如风雨。导至一家，明窗净几，荆溪壶、成宣窑瓷瓯十余种，皆精绝。灯下视茶色，与瓷瓯无别，而香气逼人"，让张岱叫绝。闵老子故意骗张岱，说那是"阆苑茶"，也就是一种福建茶。但骗不了他，被他吃出来，说是宜兴阳羡茶，且吃出来哪一壶是春采，哪一壶是秋采。闵老子称沏茶之水为惠泉水，张岱不信，闵老子则坦白地说，他取惠泉水，必要淘井，且等静夜后才打水，所以要比一般惠泉水更为清澈。

张岱茶艺之精绝，可说是比妙玉品茗功夫更胜一筹，难怪闵老子连连吐舌称奇。禅宗云，无一处不是用心处。因此，品茗当然也能作为用心处之一。但是，若说这就是"茶禅一味"的解处，再加上赵州禅师的"吃茶去"的那桩禅宗公案，却是将茶道变得玄虚了。当时，明人在品茗的情趣上，既恢复了唐宋时期文人士大夫欣赏茗器的乐趣，也看重茶饮的程序，而且更看重性灵世界，希望周围的环境以清静澄澈为主，通过嗅觉与味觉的综合享受，五官的舒适，追求品茗所带来的心灵修养的提升。除了张岱的《陶庵梦记》，许次纾的《茶疏》及《遵生八笺》等书籍都有记载。

日本的茶道有村田珠光创始的"闲寂茶"，亦称"心之茶"。村田珠光生于奈良，11 岁时进入称名寺研习佛法，19 岁时投入一休宗纯的门下拜师参禅，他是在茶道中提出心之问题的第一人。他认为，茶道是实现心灵自由这一最高境界的途径。他提倡另一种朴素的"草格茶道"，不主张豪华书院那种奢侈的"真格茶道"，更希求通过连歌、茶会、插花等大众活动，来实现"一味同心""一座建立"的连带感，也就是从茶道而达禅的意境。

　　中国茶道一直处于演变之中。从唐朝到宋朝又到明、清，每出现一种新的饮茶方式，旧的饮茶方式被冲击消失，仅留下较少的历史痕迹。禅宗思想对中国茶道的影响也不如日本那么彻底。所以，中国茶道恰如一位朋友所说，"禅茶不是一味，而是两味的"。这也是因为，禅思想虽然对中国文人士大夫有着某种深刻的影响，却不是那种宗教信仰式的束缚。归根结底，中国文人受儒家思想影响更深，他们更多是入世的，对宗教常常是若即若离的、半信半疑的。禅宗对士大夫们的影响也只是在个人的人生态度与生活情趣上，并不真正影响他们的社会意识。许次纾的《茶疏》中便描述到适合文人士大夫品茗的场所境地，如夜深共语之时，鼓琴读书之际，茂林修竹之地，名泉怪石之中，幽深寺庙之内，等等。这些文人的品茗情趣，其实更是暂息尘劳的调心之法，也是自然适意的潇洒状态。

依我之见，中国的茶道，倘若说"茶禅一味"，倒不如说是"茶儒一味"。它讲究的是儒家士大夫的清高人格修养，是另一种心灵愉悦的追求。以静心品茗为雅事，心旷神怡，宁静淡泊，利用茶文化来抵挡外界的喧嚣，也恰恰可缓解人们在职场中所遇到的难以承受的心理重负，使他们在品茗情趣中得到一种适意与轻松的心境。这不过是一种暂时的"出世"。品茗与参禅一样，仅是人生旅途跋涉中的一处"街心公园"，其最终目标还是入世的。所以，它与日本茶道"寂灭"的佛教思想是不同的。

饮茶的异化

　　饮茶是文人们的清雅嗜好。著名现代文学家梁实秋、周作人等都写过"喝茶"的散文。周作人还将自己的住所命名为"苦茶庵"，在《五十自寿诗》里写下了"旁人若问其中意，且到寒斋吃苦茶"的诗句。可惜他晚节不终觍颜事敌，却是"又玷清名一盏茶"了。前一时期，北京的作家们流行喝工夫茶。喝工夫茶，需要闲工夫。最好是几人相对，品茗清谈，海阔天空，从风云时事至古玩书画，自俚俗鄙语到风雅高论，无所不及，市人谓之"侃大山"，也是人生一大快事。

　　还记得，上世纪90年代初，我去诗人高洪波先生家品尝过真正的工夫茶。是极考究的紫砂茶具，小壶小盅如精美玩具，先喝哪一盅茶，再喝哪一盅茶，是有序列的，要细呷细品，才能觉出真滋味儿。茶水浓酽，数巡之后，

二二九

舌根清涩，竟有越喝越苦、越苦越渴的感觉。走前，我又向他要了一大杯白开水灌下去，回家路上就一途尽找厕所了。

喝茶已经成为一种文化。中国的茶文化，日本的茶道文化，实际上是从苦涩清淡的茶水中去品味人世生活的隽永。这时，茶也从解渴、益身的效用中升华为"文化"了。经过紧张忙碌的一天后，若有清茶一盏，我们可仔细品出苦茶中的芬芳与清绝，在烦扰喧嚣的俗世中寻觅出一点点静谧，从宁静淡泊的心态里感受到某种永久的美与和谐，从清茶中又可品味出中国老、庄的哲学了。可惜，在现今的热闹社会中，这种茶文化也被逐渐异化了。

十余年前，一次，我与两个朋友去琉璃厂街逛累了，找到一处什么茶社，想在那里消乏解渴，悠闲一下子。那里颇清静，无一位顾客，环境也布置得极风雅，墙壁上挂满了名人字画。不过，当那位袅娜娉婷的小姐送上价目表，我吓了一跳，在这儿喝一回茶，足够我买半年的茶叶了！我忙起身，敬谢不敏，表示不想喝这儿的茶了。同来的一位香港朋友，却一定要在这儿坐一坐，他声言甘付茶资。我们也就只好陪他坐一坐了。那里的一切都是高档的，茶盅是极精致的古瓷，沏茶的水是玉泉山清泉，茶叶是上好的龙井，一碟白瓜子，一碟日本小点心，还有一碟宫廷茶食，我们在那里足足坐了两个多小时。

可是，说实话，我喝茶时的感觉却不是纾徐安闲的，内心里总好像有个疙瘩，似乎倒不如在街上痛饮两碗"大碗茶"更适意。后来，我明白了，这个疙瘩就是在于"钱"。虽然并不用我付茶资，却仍然认为这种"喝法儿"太过奢侈，反而找不着那种淡泊宁静的心态了。

茶文化被异化的另一特征是"工夫茶"已经越来越被"功利茶"所代替。自然，在市场经济社会中，每人都要为维持生计而奔波，也就拿不出太多的闲工夫来悠然品茗了。可是，一盏清茶却可以成为人们互相交易时的中介工具。因此，"吃早茶"也在生意场中一度时兴起来。

我不做生意，也就无缘总去"吃早茶"。有那么两回，也是朋友请客。到九点钟才开始吃，餐桌上摆满了虾饺、小笼汤包、豆沙粽子及各色精制餐点，而茶呢，早已黯然无色地退居其次又其次了。这一顿，足足吃了两个小时，已经实在搞不清楚是"早茶"呢，还是"午茶"了。这时候的"茶"，索性干干脆脆被异化掉了，它成了虚幌子。

　　无论如何，"吃早茶"尚有附庸风雅的意味。而"吃讲茶"，则是对茶文化的彻底糟蹋了。茅盾先生在《我走过的道路》中记述一件事，某书店请鲁迅及一群著名文人宴会，开首就提出变更一项合同。鲁迅当时很生气，把筷子一放说："这是吃讲茶的办法！"他起身就走了。随后，茅盾又解释道："上海流氓请人吃茶而强迫其人承认某事，谓之吃讲茶。"解放以前，茶馆是各色人物流连憩息的公众场所，也是开谈判的好地方。老舍的话剧《茶馆》就写出了时代变迁的悠忽尘梦，写出了古老中国茶文化的异变与衰落！在历史前进的洪流中，常会有一些沉渣又泛起，这种"吃讲茶"的方法是否又会再生？我不知道。但是，我希望不要如此。

吆喝的艺术

　　在街头，走过一个又一个货摊，一片纷纷扬扬的叫卖声，或声粗气足，嗓音洪亮；或声嘶力竭，口齿含糊："卖羊毛衫喽——买不买？买不买？""卖皮鞋喽——买不买？买不买？"也有企图揣摩顾客心理的，尽量使叫卖的吆喝声具有一定的夸张色彩，比如："最新式、最时髦、最便宜、最……最……最……的皮鞋哟！"有时还加上几句："不买白不买哟！""大甩卖啦！大甩卖啦！赔了血本啦……""减价，减价，大减价啦！"这种直露的吆喝，往往只能换来过路人麻木的一瞥。

　　过去，老北京城的市民们还记得一个相声《卖布头》吧，里面惟妙惟肖地形容了当年老北京城各类叫卖者的吆喝声。这些吆喝声带有强烈的形象色彩，富于感染力，是一种"叫卖艺术"。其特色之一，就是有一种悠扬起伏的韵律感，忽高忽低，忽粗忽细。比如卖糖葫芦的，无论是山楂、荸荠还是山药，先挑高了嗓门大喊一声："葫芦哟——冰塔儿"，过好一会儿，却又用低八度的嗓音再吐出一声："刚蘸的喽！"低沉又深厚。我在上世纪90年代初的春节逛白云观庙会时，曾经遇到过一个老头儿，他就用这种有声有色的吆喝招徕了不少顾客。如今这样吆喝卖糖葫芦的，已经绝少了。

曾经有一段时间，我搞不清楚"冰塔儿"是什么意思，问了一位老者，才知道是形容糖葫芦犹如晶莹透明的冰塔一样。多么形象！

我小时候，由于已经实现了公私合营，个体商贩渐渐减少，那些五花八门各式各样的叫卖吆喝声也趋于单一化了。可是，我的记忆里还萦绕着磨剪子磨刀的吆喝。他们大都扛着一个像长凳子似的工具担，手里拿一把钳形的铁铉，抑扬顿挫地长长吆喝一声："磨——剪子——嘞——抢——菜刀——"，唱腔里还带颤音。这时，他将铁板蓦地从钳形铁铉中一抽，就"呲啷——"发出带点儿颤巍的金属声响。吆喝声、余音缭绕的金属撞击声，使你的心情变得恬淡、宁静，没有一点儿喧嚣感。

听老邻居们说，这种钳形铁铉似的玩意儿，原来是担着剃头挑子的串街理发师手里的什物。解放后，理发馆越来越多，串街剃头师傅逐渐消失，这什物转到磨刀人的手里。也有的磨刀人持一串铁片相缀的什物摇动着，一片哗啦哗啦地响。

据说，在以前的老北京城，那些走街串巷的个体商贩们，除了以他们别具一格的吆喝声招徕顾客，各种行当还有一种代表性的乐器，如拨浪鼓，呜呜吹响的铜号，使吆喝声更富美感。

老北京城的叫卖者们在吆喝中注意运用形象思维，用彼物形象地比喻此物，犹如诗歌中的比兴手法。如今街上有卖萝卜的，差不离都是直捅捅地嚷两声："卖萝卜喽，卖萝卜喽，五毛钱一斤！""萝卜——便宜喽！"可是，以前老北京城卖萝卜的吆喝就不同了："萝卜——赛梨喽！"再有，形容萝卜："卖萝卜喽——嘎嘣脆的萝卜！"这"嘎嘣脆"是北京土语，绘声出萝卜的鲜嫩可人。

还有许多精彩的比喻。例如："烤白薯噢真热乎——栗子味儿的白薯！""柿子！大柿子——喝了蜜的大柿子！""牛心大柿子——赛冰激凌喽！"

这些吆喝声都是在冬天。

童年时期，一次上学路上，我真被那生动的吆喝吸引，就下定决心用攒的零花钱——那对孩子来说是极其宝贵的——买了一个冰冻大柿子尝了尝。品尝后的感觉是：冰冻柿子的滋味儿，或许与冰激凌有某些相近。但是，这柿子里边哪里有"牛心"呀？我还买过几块烤白薯，红瓤的，白瓤的，仔仔细细与糖炒栗子相比较，也未品尝出两者有何相似之处。

那时，我还不懂这些叫卖的吆喝声拥有的夸张色彩，心里还抱怨他们吹牛呢！

三种民间食品的历史考证

包子

　　大约在魏晋时期已经有了包子，那时它的原名却叫"馒头"，或以后称"肉馒头"。宋代高承的《事物纪原》引稗官小说故事，说是三国时期，诸葛亮征服了孟获的部落，改革当地奴隶主用人头祭神的习俗，而用面裹了牛、羊、猪肉来代替，"后人称此为馒头"。晋代文人束皙所作《饼赋》称初春宴会宜设"曼头"。其"曼头"也就是包子。我们读到一些古典小说中的描写，其中写到"馒头"的，其实也就是指包子。包子的名称，起源于宋代，最早见北宋文人陶谷的《清异录》，其中记载，当时的"食肆"，也就是卖食品的店铺"张手美家"所卖节食，有夏天伏日卖"绿荷包子"的。

宋代的"城市革命"后，坊墙毁弃，街市融合，店铺大兴，已经有了向近代城市迈进的趋势，饮食业也兴盛起来。包子这种食品发展很快，主要是那时的面团发酵技术普遍使用，酵汁、酒酵发面外，酵面发酵也流行开来，还出现了对碱酵子发面法。包子馅心的制作异常丰富多样，有肉类的荤馅心包子，也有蔬菜做成的素菜馅心包子，还有荤素混合型馅心包子，亦有豆沙等制作的甜馅心包子，口味则甜、咸、酸均有。《梦粱录》记载的包子种类就很多，有细馅大包子、水晶包儿、笋肉包儿、虾鱼包儿、江鱼包儿、蟹肉包儿、鹅鸭包儿、七宝包儿等等，其馅心制法还写入《居家必用事类全集》，有打拌馅、猪肉馅、熟细馅、羊肚馅、鱼肉馅、鹅肉馅、杂馅、蟹黄馅、七宝馅、菜馅、澄沙糖馅、绿豆馅等等。到了南宋时期，包子这种食品已经相当普遍。南宋耐得翁所著的《都城纪胜》记载，临安城被称为"脚店"的小饭店和小酒店，也被称为"拍户"，分为七类，有茶饭店、包子酒店、宅子酒店、花园酒店、直卖店、敞酒店、庵酒店，其中包子酒店主要卖鹅鸭馅心的包子，还有四色兜子、肠血粉、鱼子、鱼白等。这时，包子已经是无论贫富，百姓皆可品尝的平民化食品了。

春饼与春卷

在晋代时，已经有了春饼的雏形，开始被叫做"五辛盘"。主要用五种辛荤蔬菜，以发五藏之气。周处的《风土记》中提到"五辛盘"，其注云："五辛所以发五藏之气。……庄子所谓春正月饮酒茹葱，以通五藏也。"何为"五辛"？李时珍在《本草纲目·蒜》中记载，释家以大蒜、小蒜、兴渠、慈葱、茖葱为五辛，而道家则以韭、薤、蒜、芸苔、胡荽为五辛。

唐代的一些文人笔记记载，那时"五辛盘"已经化为"春盘"了。如《关中记》称，"唐人于立春日作春饼，以青蒿、黄韭、蓼芽包之"。《四时宝镜》也有记载。这时，人们不仅自家食之，邻里间也作为一种新春食品互相馈赠。人们以一些辛嫩之菜，杂合食之。杜甫诗歌中就有"春日春盘细生菜"的诗句。至宋代，春盘的制作更为精美。皇宫后苑中的春盘，竟然是"每盘值万钱"。到了南宋，它已经定名为春饼，且作为市食在街巷小饭店售卖了。《梦粱录》《武林旧事》中均有记载。至明清之际，无论在民间还是宫廷，食春饼之风俗盛行，譬如《明宫史》记载："至

二三九

次日立春之时……吃春饼合菜。"清《帝京岁时纪胜》记载，新春时京城的士庶之家必烙春饼，割鸡豚，"而杂以生菜、青韭菜、羊角葱，中合菜皮，兼食水萝卜，名曰咬春"。当时的扬州城，到了春日，还有"应时春饼店"，专门向市民售卖春饼。

研究中国饮食烹饪史的著名学者邱庞同先生撰有一文，认为春饼与春卷密不可分，春饼是薄饼卷裹生菜等肴馔食之，春卷则是用薄饼卷馅心成长条，然后油炸而食之。据记载，春卷出现在元、明之时，那时的名称叫做"卷煎饼"或"油煎卷"。《易牙遗意》中记载了"卷煎饼"的制法，《宋氏养生部》中则有"油煎饼"的制法，都是薄饼里面裹肉馅心，且多间杂葱白及葱干，再用浮油煎炸。元代无名氏所撰的《居家必用事类全集》也有"卷煎饼"的条目，除了少数民族风味较浓厚，其制作法基本相同。"卷煎饼"及"油煎饼"实际上就是今天的春卷。

元宵

农历正月十五的元宵节，又称为上元节或灯节。此时人们的习俗是吃汤圆或汤团，以此为元宵节特色食品。

关于此食俗的意义和由来，说法不一。

南朝梁宗懔所著《荆楚岁时记》记载，正月十五的节物为"作豆糜，加油膏其上"，后人以为，"油膏"就是"油糕"，唐代或称为"油䭔"，是将豆沙涂抹于米糕上做成。那个时候，还未说起吃元宵，元宵节的节令食品是豆粥与油糕。

宋以后才开始有了水煮"浮圆子"，以此作为正月十五的节令食品。南宋初周必大的《平园续稿》中有煮食"浮圆子"的记载，其诗作中描写锅里的元宵是"星灿乌云里，珠浮浊水中"，反映在灯节以元宵来喻星祭星的岁时主题。南宋陈元靓的《事林广记》有"新法浮圆"的制作法。《金瓶梅》第42回描写西门庆过元宵节，节令食品里既有"果馅元宵"，也有"玫瑰元宵饼"，可见那时元宵节的节令食品是二者兼用，有水煮元宵，也有油糕类的食物元宵饼。清顾禄的《清嘉录》也有记载："上元，市人簸米粉为丸，曰'圆子'；用粉下酵裹馅，制如饼式，油煎，曰'油䭔'，为居民祀神、享先节物。"据说所祀奉的是门神与蚕神。

也有学者认为，水煮汤圆或"粉团"之类食物早在东晋时就有了，却是作为多种节日的食品。至唐宋之际元宵节形成后，它才被糅合进了元宵节的节令食俗，正式被命名为元宵。到了明代的永乐年间，元宵则被定为上元节的贡品之一。《明宫史》记载："（正月十五）吃元宵。其制法，用糯米细面，内用核桃仁、白糖、玫瑰为馅，洒水滚成，如核桃大。"明清之后，元宵的制作与食用方法多有改变，随着不同的地域风俗，产生了不同的品种。比如南方流行"包元宵"，用水磨糯米粉制作"汤圆"，而北方则盛行"摇元宵"。各地出现了越来越多的元宵名品，如北京的清真元宵，浙江宁波的猪油芝麻汤团，四川成都的赖汤圆，等等。

古典小说中的酒

　　"文革"动乱时，我才上小学三年级。学校停课了，在家闲待的一年里，我读了许多古今中外的小说。读古典小说，《水浒传》是头一本。记得，我那时能背诵出"三十六天罡星"与"七十二地煞星"的名字，对梁山好汉们钦佩不已。可我心里有一个小小的疑团，好汉们大胆豪饮，都在十碗开外，他们的酒量真有那么大吗？行者武松过景阳岗，在酒店里狂喝十五碗，并未烂醉如泥，还凭借着酒力打死一只老虎。此外，杨志押解生辰纲赴京，途中众军汉们口渴，见白胜担两桶白酒来，便拦住他买酒解渴，结果统统被蒙汗药搞倒了。这也使我很诧异，怎么白酒竟能用来解渴？难道他们不怕酒精中毒吗！过了九年，我随古典文学的学者顾学颉学习古文时，才说出自己的疑虑。我以为古典小说的作家有时肆意夸张，常有不符合实际之处。顾老呵呵一笑说："你讲的这些疑问是很多读者都提出过的。你们不清楚，古代的斤两与尺寸跟现在不同，比如古代的一斤为十六两，才有俗语的"半斤对八两"之说。而古代的白酒，也与现在的"白干""二锅头"等不一样，那是自酿的，以粮食加酒母酿造而成。你喝过糯米酒吧？古代的酒与糯米酒相似，所谓水酒，度数很低。"我这才恍然大悟。因为，我父母都是南方人，逢年过节总要自酿一些糯米酒。而我的姨家最善酿此酒，酒微甜且度数低，几乎可当饮料喝，当然后劲也很大。

我最近读了王力先生主编的《中国古代文化知识图典》，谈到古代的酒："古人很早就知道酿酒。殷人好酒是有名的，出土的觚（gū）爵等酒器之多，可以说明当时饮酒之盛。不过古代一般所谓酒都是以黍为糜（煮烂的黍），加上曲蘖（niè）（酒母）酿成的，不是烧酒。烧酒是后起的。"这一段文字后，另有当今编者的笺注："酒在不同地区、不同时代的区别非常大。读古书时看到某人饮了多少酒，应该加以分别。"举例而言，古印度的修炼人士有戒酒的传统，"但实际上，印度所戒之物是以'苏摩'药草酿成之浆，此物中国古来稀见，直到近世才有少许'印度神油'

进口，中国僧侣出于本国国情，取传统之酒为其替代品而戒之虽无不可，但却失去了此事在印度的本旨"。笺注中还考证出，"烧酒是元代由外国引进的，始见于忽思慧《饮膳正要》"。

古典小说《金瓶梅》与《红楼梦》是描写明清古代社会生活最为广泛和细密的两部长篇小说，书中有大量的饮酒场面，对于菜馔都有精细的描写，惟独对于酒的名色、特点有关状况，却俱是寥寥几笔，这是令人诧异的。红学专家周汝昌先生也在一篇文章指出这一点，为何作为饮酒的大行家曹雪芹单单是论酒时，就如此吝惜笔墨呢？他认为："其中当有缘故，不会是偶然现象。"他发现，整部《红楼梦》除了有两回提到贾琏从江南带来的惠泉酒外，就没有任何讲究酒的文字。而我也仅仅另外发现两处，一处是在第六十回，芳官给五儿一瓶玫瑰露，五儿引为稀罕，"还道是宝玉吃的西洋葡萄酒"。另一处是在第三十八回，林黛玉吃过螃蟹后想喝酒，但倒出来却是黄酒，她心口微微疼，要喝一口热热的烧酒。宝玉"便令将那合欢花浸的酒烫一壶来"。我读了一遍《金瓶梅》，感到作者也是对酒的名色品牌谈及很少，写西门庆吃饭时总会拉出令人目眩的长长菜谱，而喝的酒只有提及"金华酒"和"药五香酒"。还有，主人公饮酒时似乎是喝黄酒时多，喝烧酒时少。而葡萄酒也是较为珍贵，书中只有两三处提及喝葡萄酒。由此，我发出一种猜测，可能是直至清朝中叶，人们仍然是喝黄酒米酒为多，少量地喝一些烧酒，而西洋酒则是被视为罕物的。

周作人有一篇散文《古代的酒》，也认为烧酒是元代时从外族传来的。以前中国人喝的只是米酒，还有唐朝人喝的药酒，即是黄酒。这些酒都是新酒，而不是老酒，自晋至唐以来情形都是相同的。"唐时已有葡萄美酒，却不见通行，一则或因珍贵难得，一则古人大概酒量不大，只喜欢喝点淡薄的新做米酒罢了。"因此，"现在朋友们中能喝得白酒半斤以上的比比皆是，可知酒量是今人好得多了"。

食蟹之美

钱穆先生在《品与味》中说："中国文化中饮膳为世界之冠，已得世人公认。中国人特多人情味，亦得世人公认。使人生果得多情多味，他又何求。故中国人生，乃特以情味深厚而陶冶人之品格德性，为求一至善尽善之理想而注意缔造一高级人品来，此为中国文化传统一大特点。"

食蟹也是一种饮膳美学，是一种文化品位，它与中国画、中国戏剧一样，体现的是更深层次的艺术韵致，难以用语言文字表达的情味。深秋时节，天高气爽，赏菊食蟹，浅酌低吟，文人雅集，宾朋聚赏。此时的赏菊，食蟹，饮酒，作诗，除了口腹之乐外，更多的是文化氛围与意境的追求。在《红楼梦》的第三十八回中，曹雪芹所描写的"赏菊食蟹"的饮宴场景，是全书最为生动精致、最具谐趣雅意的篇章之一。作者故意先描写俚俗场景，写了凤姐、平儿与贾母丫环鸳鸯、琥珀互相间的调笑打闹，平儿用蟹黄去抹琥珀，却抹到了凤姐的脸上，众人一片笑闹，贾母与王夫人也参与进来，跟凤姐开玩笑。随即，作者又描写风雅场景，薛宝钗、贾宝玉、林黛玉、探春、史湘云等吟菊花诗，每人的诗则写出各人不同的性情，赋菊的文字也表述了各自不同的人生品味。最后，由李纨评定，林黛玉的诗夺魁。而后，贾宝玉、林黛玉和薛宝钗又各逞才华，分别写出一首咏螃蟹的诗，也都是才思洋溢，佳句频出。贾宝玉的诗句："饕餮王孙应有酒，横行公子却无肠"，语义双关，颇含风趣；林黛玉的诗句："螯封嫩玉双双满，壳凸红脂块块香"，典雅风流，精美工整；薛宝钗的诗句："眼前道路无经纬，皮里春秋空黑黄"，意象丰满，喻义深长。这三首诗的确是咏螃蟹的绝唱，写的是螃蟹，讽刺的则是世人积弊。《红楼梦》中那些场景的生动描写，恰如赵珩先生所言："文人实在是以食为地，以文为天，饮食同文化融洽，天地相合，才呈现出一个丰富多彩的世界。"这实质是中国饮膳美学的蕴藉之所在。

邱庞同先生在《蟹馔史话》中说，中国人的食蟹习俗始于周代，那时古人做出螃蟹酱，用于祭祀。《周礼·天官·庖人》中称其为"共祭祀之好羞"。汉人郑玄注解，这些美味珍馐中便有青州蟹酱。至魏晋南北朝中，食蟹的种类更多。如贾思勰的《齐民要术》就有两种"藏蟹法"，其中一种是用糖稀煮出的水，以及盐、蓼汁、姜末等腌渍，再放入陶瓮中密封。当时的人们已有对付蟹的"腥"与"性冷"等方面的经验了，明白食蟹要佐以姜、醋。《世说新语》里也有晋人持蟹螯饮酒的记载。到了唐朝，文人们饮酒食蟹之风更盛，在唐诗中屡见咏蟹的诗文，李白、杜牧、皮日休的诗歌中都有咏蟹的佳句。而到了宋代，食蟹成了饮膳之学的专门一类，傅肱著的《蟹谱》、高似孙著的《蟹略》，就是食蟹之学的专著，书中记载了螃蟹的许多品种。如《蟹略》中记载的蟹中名品便有数十种之多。《东京梦华录》与《梦粱录》中记载了各色各样的蟹馔，如炒蟹、洗手蟹、酒蟹以及辣羹蟹、签糊斋蟹、枨醋蟹、五味酒酱蟹、蟹酿橙等等。而以蟹酿橙名气最大，其制法为："橙用黄熟大者，截顶，剜去穰，留少液，以蟹膏肉实其内，仍以带枝顶覆之，入小甑，用酒、醋、水蒸熟，用醋、盐供食。"此蟹馔"香而鲜，使人有新酒菊花、香橙螃蟹之兴"，它与"洗手蟹"共同上过南宋佞臣张俊供奉宋高宗的御筵。

元代时，被称为"元四家"之一的倪云林，是对后世有重大影响的画家，也是江浙一带的名士。那时候，社会动荡不安，他卖去田庐，散疏家资，浪迹于五湖三泖间。他同时是精于美食的文人，留有《云林堂饮食制度集》，其中就有三种食蟹法的记载，首先是一道叫"蟹鳖"的菜，再有是他所记的"煮蟹法"，还有他巧思制作的"蜜酿蟹"，其实也就是今日苏式名菜"芙蓉蟹斗"的前身。

明末清初的另一位名士张岱撰有《陶庵梦忆》一书，其中有《蟹会》一文，可谓是描绘食蟹之美的经典之作。张岱以为，"食品不加盐醋而五味全者，为蚶、为河蟹"。他用传神精彩之笔描绘了"至十月与稻粱俱肥"的河蟹，"壳如盘大，坟起，而紫螯巨如拳，小脚肉出，油油如蜻愆"。这是清煮大螃蟹，煮后，"掀其壳，膏腻堆积，如玉脂珀屑，团结不散，甘腴虽八珍不及"。他还写道，他与友人兄弟辈的"蟹会"定期于十月，约在午后，每人煮六只蟹，唯恐蟹留在锅里变腥冷，以迭番蒸煮的热蟹食之。他们"从以肥腊鸭、牛乳酪。醉蚶如琥珀"，以及鸭汁煮白菜，还有果物谢橘、风栗、风菱等共食，然后饮以"玉壶冰"酒，佐以兵坑笋等菜蔬，食"新余杭白"饭，以兰雪茶漱口。

作者最后感叹："由今思之，真如天厨仙供，酒醉饭饱，惭愧惭愧。"张岱的小品文以短小隽永见长，清淡天真，意境深远，风神绰约，笔墨凝练，回首往事，意在言外，颇有唐人绝句一叹三咏之妙。回忆昔日的食蟹之美味，实是寓故国情思于文中，一声"惭愧惭愧"，极尽意趣深远之意旨。

　　清代还有两位著名文人，戏剧家李渔和诗人袁枚也是嗜食蟹又善食蟹的高人。他以为食蟹以清蒸为宜，"蟹之为物至美"，自有其美味。"以之为羹者，鲜则鲜矣，而蟹之美质何在？以之为脍者，腻则腻矣，而蟹之真味不存。更可厌者，断为两截，和以油、盐、豆粉而煎之，使蟹之色、蟹之香与蟹之真味全失。"另一位食蟹高人袁枚在《随园食单》里也有同样看法。他在此书中，介绍四种食蟹的烹饪法，其中有"蟹羹"，"剥蟹为羹，即用原汤煨之，不加鸡汁，独用为妙"，倘若加鱼翅海参，反倒惹其腥恶；又有"炒蟹粉"，也是"以现剥现炒之蟹为佳"，过两个时辰即失其美味；还有"剥壳蒸蟹"，剥去蟹壳，取出蟹肉、蟹黄，仍放回蟹壳里，放五六个生鸡蛋在上面蒸，上桌时犹如完整一蟹，惟去其脚爪。他认为此蟹馔比炒蟹粉更有特色。不过，他也以为食蟹的最高境界还是食其至美的本味，所以"清煮蟹"列为第一，"蟹宜独食，不宜搭配他物。最好以淡盐汤煮熟，自剥自食为妙。蒸者味虽全，而失之太淡"。我读中华书局2010年版的《随园食单》，其后有今人的点评，似乎对"清煮蟹"不以为然，认为"清蒸蟹"方可保持蟹肉所含的水分与营养，且应当佐以醋、姜末、酱油及酒等配料。其实，古人即已经知道这些诀窍了，他们食蟹时必佐以姜醋，例如《红楼梦》中贾宝玉"咏螃蟹"的诗句就有"持螯更喜桂阴凉，泼醋擂姜兴欲狂"之句，以及前面的宴饮场面多次描写人们食蟹皆佐以姜醋。袁枚与曹雪芹为同一时代人，他如何不知？只不过，袁枚太痴迷于蟹之真味，以为姜醋等调料味道过于浓烈，会掩盖其"色香味"三者至极的美味，清蒸又失之太淡，便用淡盐汤煮之。

　　民国时期，"京城四大名医"之一的施今墨先生，是中医界泰斗。他在上世纪20年代就提出"中医现代化""中医工业化"，主张中西医病名统一，且率先使用西医病名诊断书写脉案，用现代科学实验印证治疗效果，指导临床方药，他也是"中西医汇通派"的代表人物。解放后，他担任全国政协委员、北京医院中医顾问等职务，负责中央领导人的保健工作。施老先生亦是一名食蟹方家，每逢秋季，他便从京城南下，赴南京、苏州两地，专为食蟹而去。他食蟹之法独特，不喝酒，也不佐以姜醋等调料，仅备一碟酱油即可。这也与李渔、袁枚的见解相合，食蟹就是要品尝蟹之真味，尽管姜、酒二物可驱寒，醋可佐味，但恐其掩盖真味，便全部抛弃。施老先生对螃蟹的品种也有精细研究，据其产地而分为湖蟹、江蟹、河蟹、溪蟹、沟蟹和海蟹六等。每等之中还有级别，如湖蟹以阳澄湖为一级，邵伯湖为二级；江蟹以芜湖为一级，九江为二级。他还戏谑地将各等各级的螃蟹封授官衔，按照民国时期官吏的等级分为特任官、简任官、荐任官及委任官等等。周家望先生在《老北京的吃喝》一书中饶有情趣地谈到这一轶事。当时，北京至秋季吃的螃蟹以河蟹居多，大多是京东桑榆河、潮白河及京南通县的马驹桥捕来的，但都打着天津胜芳镇的"胜芳螃蟹"的招牌。大批河蟹贩到京城，先由正阳楼及各个大饭庄来挑选。正阳楼秋季的招牌菜便是精涮羊肉和清蒸大螃蟹两宗美味，他们买来螃蟹后先派人专门饲养，每天给这些螃蟹喂新鲜高粱米，几天后它们的个头儿就显得很硕大，老北京人称其为"高粱红大螃蟹"。据说，将螃蟹蓄入缸中还要浇鸡蛋白催肥。饭庄的厨房蒸蟹时笼屉里总要放几大块姜，因螃蟹其性奇寒，这是为了祛寒。其调料仅是干姜汁及米醋，也是为了使顾客能够品味出螃蟹的真味。正阳楼所售的螃蟹特别肥大，据梁实秋说"每客一尖一团足矣"，然后再补一碟烧羊肉夹烧饼，一碗余大甲汤。余大甲汤是高汤煮沸，汤中投入剥好的蟹螯七八块，再撒上芫荽、胡椒粉及切碎的回锅油条，便可压住一餐饭的阵脚。正阳楼还为每个食客配有一套精巧的食蟹工具，有黄杨木制的小木槌、小砧板，以及银箸银匙银叉子，小巧合用，精美考究。用餐毕，伙计更端上一铜盆温水，里面撒有绿茶叶、菊花瓣，以便客人洗去手上的蟹腥。老北京人食蟹的一整套程序，可比西餐馆里舞刀弄叉的程序更讲究，其实玩的成分居多。

　　我的父母祖籍是浙江、江苏，所以家中偏嗜食蟹。京津俗话说，"七尖八团"，每至旧历的七月份便是尖脐的公蟹最肥美之时，稍后至八月份则是食圆脐的母蟹最佳季节。这个时候，我家必定要到街上的小贩那里买一批螃蟹，然后把它们放在大洋铁澡盆里。我和妹妹总要饶有兴趣地在铁盆旁，瞧着那些青色的"无肠公子"爬来爬去，见它们快要爬上边沿时，赶紧用筷子把它们扒拉下去。这些经小贩趸来的螃蟹，个头肥大的很少，大多是二三两重的，有些还更小一些。母亲瞅着这些螃蟹，总是免不了摇摇头，叹息着说："这些北方的螃蟹，怎么能比得上阳澄湖大闸蟹呀！"我父亲食蟹时，总要佐以好黄酒，可那时的黄酒唯有花雕、加饭两种，较多的是瓶装的料酒。聊胜于无，他便取出喝黄酒的一套酒具，母亲挑选蒸锅中两个最大的螃蟹奉上，由父亲自剥自食。他的食量不大，吃两三个螃蟹足矣。他喜食公蟹，尤其是膏满的，来了兴趣还用那套食蟹的小工具再敲开两个蟹螯吃。然后，再吃一小碗稀薄的挂面。我母亲说，单是空口吃螃蟹容易惹胃疼，我们吃过螃蟹后也必定要吃一点儿挂面。还记得，那时家中也有一套食蟹的小工具，如小木槌、小砧板之类，据说是街上小摊上买来的，我猜可能就是从昔日的正阳楼饭庄中流出的吧？我和妹妹最喜欢拿那些小玩意儿在蟹壳上敲敲打打，食蟹对于我们孩子来说，犹如过家家一样。孩童时代，还未必能真正领略蟹之真味和美味来。

　　家中每次食蟹，母亲匆匆吃过两个螃蟹后，就将蒸锅中剩余的一堆较瘦小的螃蟹剥开，将其膏、黄及蟹肉剥出，然后用猪油熬了，做出"秃黄油"来，也就是蟹酱。做此事颇费时费力，母亲因此常常要忙到深夜。制出的蟹酱，往往仅是一小坛。但是，这一小坛蟹酱颇珍贵，或是做蟹黄汤包的原料，放一部分在汤包的馅料中，其鲜香味道难以形容；或者，煮一碗阳春面，如梁实秋先生所言，"加进一两匙蟹酱，岂止是'清水变鸡汤'？"我记得，有一次母亲还尝试着做醉蟹。她将精选的一些螃蟹在清水里洗干净，然后将它们用老白干酒浸泡，刚泡时那些螃蟹竭力挣扎，还须用砧板加石头压住。经白酒泡过一小时后，再将它们放入空的坛中，里面放黄酒、酱油、糖和花椒等，然后封口腌起来。但是，那一回的腌醉蟹并不很成功。据她自己检讨说，吃起来很"沙"，味道不软也不糯。可能是腌醉蟹的坛子未放到阴暗处，也可能是将雌蟹与雄蟹并到一坛腌了。此后，母亲再未尝试做过腌醉蟹。自从"文革"爆发以后，街上卖螃蟹的小贩也不见了，菜市场也买不到螃蟹了。接着，全家随我父亲去咸宁向阳湖五七干校了，谁还有心思赏菊饮酒食蟹？

我后来也是在80年代中期去上海出差才吃到大闸蟹，当时的螃蟹已经成为奢侈食品。每只煮好的螃蟹都放在精致的小竹篮里。这道菜是最后端上来的，所有的食客都屏息以待，食蟹时还极其细致地用牙签剔着蟹肉吃，甚至将每一根蟹脚肉都剔得干干净净。我才知道，那时在南方能吃到蟹宴，就算是顶级的宴会了。而在北方则根本就吃不到螃蟹。那个年代，农田已经普遍施用了化肥，溪蟹与沟蟹几乎绝迹，养殖蟹还未出现，餐桌上出现的螃蟹是太湖等地区捕捞的野生蟹，个头儿虽然不是很肥硕，却是极其地道的螃蟹真味。这大概是我平生最后能品尝的野生蟹的蟹之真味了吧？我以后还是吃到了不少螃蟹，每至秋季总能吃到一至两回，可我也知道，这些标以"阳澄湖大闸蟹"的螃蟹，全都是在湖泊中用网箱围养的。而那些养殖蟹，据说也分三六九等，最高级的养殖蟹是喂螺蛳等动物饲料的，专门供给香港及内地的高档酒楼饭庄。一般的养殖蟹则喂以高粱、玉米，可能就是我们吃到的"大路货"。

我吃到这些养殖蟹，总感觉不及记忆中童年时吃到那些螃蟹，蟹肉似乎有发囊的感觉，母蟹中的蟹黄虽然每只都有一些，却显得发硬，不酥糯；而公蟹的膏也缺乏那种黏稠性，没有野生蟹之奇鲜了。明末清初名士张岱所描写的"蟹会"情景，其实也是在现代生活里再难以寻觅的。

如今所谓的"蟹宴"，螃蟹仅是菜肴中零星点缀而已，至于赏菊饮酒赋诗的意境追求，多数现代文人也不见得具备这些文化素养。可以说，那些风雅浪漫的饮酒食蟹环境已经变了，赏菊赋诗的文化氛围亦是难以复制，古典意义上的食蟹之美的情趣又能从哪里找得到呢?

蔬食第一

　　清初的戏剧家李渔也是一位美食家，在其杂著《闲情偶寄》中有专门论述美食养生的"饮馔部"，提出了"蔬食第一"的主张。李渔并不是纯粹的素食主义者，他也食肉食鱼，甚至嗜食蟹，但他以为，"吾谓饮食之道，脍不如肉，肉不如蔬，亦以其渐近自然也"。他推崇"草木衣食"为上古之风，崇古之道，"人能疏远肥腻，食蔬蕨而甘之"，方能有养生之效。他在"饮馔部"这一卷，推蔬食第一，谷食第二，肉食第三，"后肉食而首蔬菜，一以崇俭，一以复古"，他甚至引用了《左传》中"肉食者鄙，未能远谋"的说法，诙谐地称肉食者由于肥脂蒙心，闭塞心窍，使得人不善谋，其或变得愚蠢起来。所以，他大声疾呼："吾今虽为肉食者作佣，然望天下之人，多食不如少食。"

　　李渔的看法，代表了中国饮食文化的某种传统观念。

在古代，人们食鱼肉也有严格的等级之分的，国君可食牛肉，大夫可食羊肉，士则可食狗肉与猪肉，庶民百姓仅能吃鱼。《礼记·礼运》称："夫礼之初，始诸饮食。"也就是说，饮食也是一种社会身份的体现。国君、士大夫及贵族阶层才享有肉食者权利，黎民百姓的主要食物则是粮食与蔬菜。在古代时期，中原地区的汉族甚至不吃乳类饮料与食品。而《史记·匈奴列传》记载，匈奴人不喜欢汉人食物，认为不如酸奶与干酪味美。直至唐代，古人才逐渐地改变了饮食习惯。因此，早在远古时期，蔬菜已是人们日常食物构成的一个不可缺少部分了。譬如，"饥馑"一词的"馑"字，就是指蔬菜歉收，《尔雅》称"菜不熟为馑"，因为，蔬菜不仅仅是人们佐餐的菜肴，也是青黄不接时春荒中度荒的恩物，而且是谷物歉收灾荒中的救命食物，倘若遇重大天灾，谷物与蔬菜都歉收，就会使黎民百姓难以维持生计了。

上古时期的蔬菜品种不多，但我国古代在商周时期已经重视蔬菜的种植了。甲骨文中有"圃"字，证明殷商时经营的菜园已经比较多了。《周礼》记载，西周时还有职业菜农谓之"老圃"，而在周王室中也有管理蔬菜水果生产的官吏，谓之"场人"。在《诗经》中曾经提到了二十多种蔬菜，有葵、韭、菁（芜菁）、菲（萝卜）、薇、茆、荷（包括藕）、笋、荠等等。《尔雅·释草》则提到了竹笋、枸杞、水芹、水葵、荸荠、菰、芦菔、赤茎苋菜等。《周礼》和《礼记》等古代典籍还提到芥、葱、薤、蓼、姜等可作为调味品的蔬菜。但总的说来，那时蔬菜的品种是颇为贫乏的，甚至带苦味的葫芦叶都当蔬菜吃。到了近代，其中大部分品种已退出了蔬菜领域，成为野生植物了。例如，曾经作"百菜之王"的葵，明代植物学家王世懋甚至说："古人食菜必曰葵，今乃竟无称葵，不知何菜当之？"葵菜，亦称冬寒菜，植物分类学称为冬葵。唐代以后它受到各种新培育的品种及海外引入蔬菜的排挤，在李时珍著《本草纲目》时，便已经将其列入草部，不复作为蔬菜看待了。

自魏晋及唐宋时期，从海外又引入不少新的蔬菜品种，比如从印度引入了茄子、黄瓜、扁豆、刀豆等。例如，黄瓜初名叫"胡瓜"，《齐民要术》中就有"种胡瓜法"，至唐代遂改名为黄瓜，如今已经成为我国的家常蔬菜。菠菜，一说是原产西亚波斯；也有学者考证，据《册府元龟》记载，是在唐朝的贞观二十一年（647）由尼波罗国引进，尼波罗国也就是尼泊尔。当时称为"菠棱菜"，以后才简称为菠菜。菠菜碧绿可人，根部红嫩，民间称其为"红嘴绿鹦哥"，由于一年四季都有，颇为老百姓喜爱。历代文人都为它写下不少赞美诗歌，如宋代的刘子翚有《咏菠棱》一诗，而苏轼的《七言散联》诗云："北方苦寒今未已，雪底菠棱如铁甲。岂知吾蜀富冬蔬，霜叶露芽寒更茁。"而莴苣的原产地为地中海沿岸，初唐的古文献就有所记载，杜甫也写有《种莴苣》一诗。胡萝卜原产欧洲，一说是元代经过波斯引入云南，此后普及全国，也有学者考证，中国古代的历史文献中自南宋已经有胡萝卜的记载，因此认为此前也可能已经被引入；日本植物学家则认为，他们的胡萝卜是唐朝时由中国引入的。辣椒则可能是晚明时期引入我国，传入后在西南、西北很快就被推广。清初文人陈淏子在《花镜》一文中有所记载，称其为"番椒"。西红柿在18世纪初，在《佩文斋广群芳谱》中被称为"蕃柿"，视为观赏植物类。一直到19世纪中叶人们才认识到它的食用价值，开始广为栽培种植。

自近代以来，我国还自行栽培养育了一些新的蔬菜品种，譬如茭白与白菜。茭白的本名为菰，多生于沼泽地中。

它在秋天开花结籽后，籽可碾米，称"菰米"或"雕胡米"。古人多用滑腻芳香的菰米与粟煮粥或蒸饭。在古代它曾经是人们的主食，是九谷之一。但是，菰在夏末或秋季，其嫩茎的基部被一种菰黑菌浸染寄生后，就再也无法开花结籽，而是形成膨大的嫩茎，白滑甘脆，便是茭白。宋代以后，人们种菰以培育栽种茭白为主了，而那些不染菌、能结籽的菰则被认作是"公株"，都被除掉，开花结籽的菰反倒稀少了。明代人不晓得菰的养育过程，反以为是"野菰"才能产菰米。因此，茭白是中国人自行培育的蔬菜特产。白菜在古书中称为"菘"，最初可见东汉张机所著的《伤寒论》。可那时的菘与如今的白菜在品质上不可同日而语，经过我国劳动人民不断培育，到了南北朝其品种已有很大改良，梁代文人笔下它已经成为较多食用的家常蔬菜。到了宋代，已具备了现代白菜的种种优良特点，肥厚结实，高产耐寒，完全不同于初时叶子松散的黑叶白菜。苏轼赞美它："黑菘类羔豚，冒土出熊蹯。"明代文人更是称其为菜蔬中的"神品"。

北方苦寒，至冬季食用的蔬菜很少。我记得，在孩童时代的 50 年代及 60 年代，每到秋末冬初，北京市民必定要储备大白菜。市政府也将此作为关注民生的一项大举措来抓，到处都有卖大白菜的菜站，每户几乎都要买一二百斤大白菜储备过冬。北京大杂院里，可见每户门口都垒着高高一垛大白菜，晚饭时常常可闻见煮大白菜的香味。当时，冬季菜市场虽然也有南方来的蔬菜售卖，却价格昂贵，一般百姓很难问津。近几十年来，北京老百姓仅仅依靠吃大白菜过冬的情景已成为历史。各菜市场都充满品种丰富又价廉物美的各类蔬菜，以满足当代市民们高品质生活的需求。

不过，现有的蔬菜零售业也面临着崭新的考验。农贸市场式的蔬菜销售模式，已经不能够适应超市连锁卖场的发展要求。因此，从国内蔬菜销售市场来看，大多数蔬菜零售企业都发展得十分艰难，其根本原因就在于无法真正解决蔬菜的延期保鲜问题，以致造成了果蔬的巨大损耗，使得整个产业链缩短。目前蔬菜的平均损耗均达 25% 以上，导致难以进行规模化经营。同时，蔬菜业出口也因农残、变质腐烂、药剂浸泡和添加剂等问题，食品卫生指标不合格，也由此产生了巨额损耗，这些已严重制约了我国农产品的出口。时代的进步，已经迫切地呼唤着中国蔬菜零售业态的升级，更是召唤着中国农业蔬菜产业化时代的到来。

　　我的一位老同事，也是挚友李苏民先生，从单位退休后，就开始致力于开发蔬菜食品的产业项目。他与经济学博士俞铿先生相配合，组成了中国蔬菜食品集团有限公司，并担任了董事长。前些日子，我俩通过电子邮件联系，他给我寄来一部分有关资料，并且附有一信："发一些资料给你，你可以了解我退休以后在做什么。吃是非常重要的事情。将蔬菜做成原始状态食品，在我国还没有，我在和农业部以及科委的朋友共同努力实现这个具体小事。"其实，这是一桩利国利民的重要事业！中国蔬菜食品集团创建后，由韩国食品研究院提供健康蔬菜加工工艺、抑制微生物技术等多项新技术，首先加工莲藕、山芋、胡萝卜、萝卜、牛蒡和菌菇等，项目建成投产后，即可实现年产值约9000多万元。最为重要的是，它目前已具备领先的果蔬保鲜核心技术，且应用简单，及时解决了长期困扰蔬菜物流和零售业主的损耗问题，大大降低了成本，延长了整个果蔬产业链，填补了国内的市场空白。中国蔬菜食品集团将全面推行循环型生产方式和绿色消费模式，积极推动蔬菜产品加工业与上下游产业的一体化发展，建立从原料生产到终端消费的全面新型产业链，促进各环节有效衔接，推广以种植、加工、保鲜与储藏一体化为特征的工农业复合型循环经济发展模式，其项目的市场前景十分广阔。随着国家政策大力扶持农业，农业产业化进程不断加快，其产业项目也必将迎来极大的发展前景和丰厚的回报。

我在撰写此文时，恰好在《参考消息》上看到一篇文章——《中国廉价泡菜占领韩国餐桌》，这是韩通社所发的新闻报道，据韩国关税厅（海关）2015年5月17日发布的一份数据显示，"每年有20万吨中国泡菜登陆韩国，占领韩国人的餐桌"，"从2010年至今，泡菜进口量保持在20万吨左右，进口额保持在1亿美元以上。韩国进口的泡菜中有99%来自中国，中国泡菜凭借廉价优势大量进入韩国的餐厅、医院和学校"。这说明了国内蔬菜的加工出口业正在迅速改善与进步。我因此相信，中国蔬菜食品集团也必将凭借其竞争优势而取得成功，这个优势的特点就是科技领先、行业前瞻、生态产品、循环经济、行业朝阳、增益环保以及产业深度。用他们的话来说："我们创建一个企业，就是为了创建一个崭新的业态，为促进中国农业大产业化贡献我们的智慧和力量。"

野蔬食趣

　　正值清明时节，我与妻子游玉渊潭公园，瞅见路边的杂草丛中生有许多荠菜，已经开出白色花了。妻子说，她工作的亦庄医院处于郊野之中，那里也有很多荠菜，同事们时常利用午休时采撷一些，可佐为午餐。其实，古人采挖荠菜，作为初春一项活动，兼有娱乐色彩。《秦中岁时记》所载："二月二日，曲江拾菜，士民楹盛。"尤以南宋时代为甚，就像清明节踏青一样。

　　荠菜原本就是一种野蔬，它的营养价值比菠菜还高，且名称繁多，在全国各地广泛分布。虽然，南方一些地区把它移到菜地种植，自称已经将野荠菜驯养家化成功，可连菜农们也承认，家生荠菜的味道不如野生。我后来几次在饭馆品尝到家养荠菜，棵头整齐，碧绿肥硕，却远不如野荠菜鲜美。所以，至今荠菜这一蔬中佳品仍然只算是野生植物。中国数千年的文史记载中，揄扬荠菜的文字屡见不鲜。早在《诗经》中就有"谁谓荼苦，其甘如荠"的诗句，晋人夏侯湛也曾经作过《荠赋》，南宋诗人陆游的咏荠佳作就更多了。荠菜在儒者心目中确实有特殊地位，不仅由于它是穷苦百姓度春荒的恩物，亦是贫富皆宜的时鲜蔬品，他们的诗文还常将其拟喻为穷而有志向的人物。比如《茶余客话》记叙一桩轶事，某顾姓文人，选编了元代百家诗作刊刻出版，一时轰动文坛，求访者络绎不绝。他家贫却又好客，便采拾荠菜以待客，所以"江左有'荠菜孟尝君'之说"。这使得荠菜有了一层清雅色彩。

我才上初中，就跟父母去湖北五七干校。起初干校无房，我与母亲随部分家属滞留在武昌县乌龙泉镇。近半年光景，我们这些孩子无事可做，东游西逛。乡村儿童教我们在草丛中辨识野菜，日日可拾一些荠菜、马兰头等回家。那时，干校的大食堂每日午餐和晚餐都是清水煮萝卜，这些野菜就成了佐餐的开胃妙品。我们采摘了荠菜，拿回家洗一洗，再用开水烫一烫，拌一些酱油和醋，淋少许香油，其美味清香不可言喻。以后，又用荠菜包馄饨吃，还用荠菜花炒鸡蛋，成了我们在那段特殊时期的一段极美好回忆。

我的孤寂少年时代，采摘野蔬也就成了一项重要娱乐。还记得，我们学会了分辨野荠菜的两大类，哪些是板叶荠菜，哪些是散叶荠菜，哪些可能是隔年的老叶，哪些是新生的嫩叶；还爬上野草丛生的荒坡，走到河滩水塘边，游荡于狭窄的田埂上，可寻觅采摘到很多野蔬。野生荠菜采完，又去挑拣马兰头、紫云英，虽然棵头不整，老嫩间杂，长短不齐，时常把杂草也夹在其中，并有不少泥沙，但是，这都是我们的劳动成果。放到饭桌上，马兰头、紫云英不如荠菜鲜美，也另有一番野蔬的特别清香。我们狼吞虎咽，嚼着这些野菜比吃鱼肉还香。以后，我又回到城市，家人也偶尔从农民手里买到这些野蔬，再吃起来，舌底的味觉就不对了，远不及少年时。有人说，可能那不是真正的野菜。我其实心中明白，"食趣"是要与"拾趣"相结合的，若无"拾趣"，"食趣"便降低了许多，也就难以尽得其趣了。由于这些野蔬不是自己采摘的，缺少了劳作后那一份欣喜和满足，口味也就因之大减。

中国是韭菜的原产地之一。早在《尚书》中，已经有夏代的农人在菜园种植韭菜的记载。到了汉代，人们已经掌握了温室育韭菜的技术。所以在中国，很难说韭菜也是野蔬了，而是四季的常蔬了。1996年初春，我与妻子在法国的凡尔赛城住了三月。妻子服务学习的医院，恰好在凡尔赛宫旁。每日黄昏，我们夫妻去凡尔赛宫散步，妻子发现山坡上许多野韭菜和杂草混生在一起，叶子肥厚宽大，几乎比国内韭菜宽一倍。我俩为这个意外发现而兴奋。星期日，我们叫来了一群中国留学生，在那山坡上采摘了很多野韭菜，又到超市买了牛肉和面粉，聚在一处包了一顿饺子。记得，同楼的一位法国妇女奇怪地瞧我们切野韭菜，可能是诧异这些中国人竟然揪来草叶子吃？法国人在欧洲向来是以美食闻名的，他们却未必知道韭菜亦是一道美味菜肴。

不过，应该承认，我们那回吃到的法国野韭菜的滋味，的确比起国内产的家常韭菜要辛香鲜嫩多了，野蔬的滋味必定是要胜于常蔬的。

先生的餐桌

　　我家有一张能够旋转的红木圆桌。这张圆桌，也就是我家以前的餐桌，大概可以算作古董吧。前一时期，我找到一张旧照片，幼年两岁时的自己就站在这张圆桌旁。所以，这张红木圆桌的历史起码也在六十年以上了。

　　圆桌的做工，甚为精美。桌子边沿镌刻着花纹，下部是葫芦形状的"百灵台"，且有镂空花纹的四翼，底座也是圆面，比桌面略小。故宫博物院收藏的那张雍正年代的紫漆描金花卉纹葵花式圆桌，与我家这张红木圆桌就很相似。据母亲说，这张红木桌曾是民国初期的财政部长、以后的华北头号大汉奸王克敏的家具。我父亲在清华大学读书时，结识了王克敏的女婿倪先生。倪先生原是王府井中法药房的老板，王克敏在抗战胜利被民国政府枪决后，倪先生续娶了其四女儿，王克敏家的一些残余家具也就作为嫁妆带到了倪家。20世纪的50年代初，我父母新婚后租住了倪家大院的房屋，又从倪家买了一些家具，其中就有这张红木圆桌。

我曾经幻想，这张红木圆桌倘若能有记忆，它将讲出多少历史故事！解放前，王克敏家里荒淫奢侈的生活，其家族风流云散的结局；解放后，我家那些文人雅聚、觥筹交错的欢宴场面……世事真如圆桌般旋转，转出了多少缤纷画面。

在"文化大革命"前，常来光顾我家的宾客，是父亲两位好友朱海观先生与杨仲德先生。他俩都是中国社会科学院外国文学所的著名学者与翻译家。

朱海观先生在抗日战争时期担任过郭沫若的秘书，郭沫若所著的《洪波曲》还多处提到他的名字，他解放后也仍然与郭老一家保持密切交往。朱先生也是研究海明威的专家，翻译过很多海明威的作品，还是《世界文学》的编委。他与先父施咸荣是挚友至交，无话不谈。"文革"初期，岁月动荡，他还将自己的日记藏在我家。

他当年常常到我家做客。父母邀请他吃饭，他毫不推辞，轻松潇洒一笑："好嘛，我就留下来品尝'杜家菜'。"我母亲杜若莹早已知道他的口味，他不食猪肉，便做一些家常菜，如家乡豆腐、清炒虾仁、清炒牛肉丝，再来一条清蒸鱼，父亲还时常打开一坛黄酒，与他小酌一番。朱先生非常欣赏母亲做的菜肴，"杜家菜"就是他先叫出来的。他还到郭老家吹捧"杜家菜"。郭老半开玩笑地说，我出一笔钱，请她家帮我烧一桌，我也去品尝品尝你说的"杜家菜"如何？朱先生还真就张罗起来，到我家来关说，但被父亲婉拒了。时值政治气氛严峻的 1965 年，父亲担心此事会惹出什么麻烦来，即使是被扣上一顶"大吃大喝的资产阶级生活作风"的帽子也够受的。但是，就在"文革"最乱的岁月，朱海观先生仍然泰然自若地来我家品尝"杜家菜"。至今，我仍然清晰记得那情景，他坐到红木圆桌前，笑嘻嘻的，嘴里还嘟囔着："哦，杜家菜，杜家菜！"

　　杨仲德先生是先父的另一位好友。他其实就是我的长篇小说《胡同》中"梁伯伯"的原型。杨先生原来毕业于上海教会学校圣方济中学，虽然没有读大学，年轻时勤奋自学，既懂英文，还掌握了俄文，解放前曾在苏联人办的时代出版社担任编译，解放后一直在外文所搞文艺理论研究。他是我家的近邻，便时常到我家来聊天。可是，每次父亲留他吃饭，总要费很大力气，两人甚至还互相拉扯起来，父亲便给他起了一个绰号——"杨客气"。以后，我们两家的关系越来越亲密，甚至我妹妹还认了杨先生和杨师母为干亲，杨先生才彻底摆脱了拘束，也成为圆桌前的常客。杨先生也极口称赞我母亲的厨艺，说是称为"杜家菜"名不虚传。他和杨师母都是上海人，自然对母亲烹调的南方风味菜肴更觉得适口。以后他的女儿结婚举办婚宴，还专门请母亲过去主厨。

母亲年轻时素好烹饪，与父亲结婚后，租住在倪家大院的房间，认识了原来王克敏雇请的家厨，那人颇得"王家菜"真传，母亲从这位厨师处学到了一些烹制菜肴的厨艺。民国初期，"王家菜"曾经是京城名噪一时的四大家庭菜肴之一。王克敏的宠妾小阿凤就是苏州人，善于烹制苏菜，还时常指导那家厨做菜。"王家菜"的特色，是粤菜与苏菜的某种混合。台湾作家高阳在历史小说《金色昙花》《八大胡同》中描写过小阿凤在家中设宴的情形。母亲听那位家厨说，王克敏注重养生，担任汉奸高官时避免参加各种宴会，即使非要应酬不可的宴会，中午筵席上犹能伸一伸筷子，晚宴则连筷子也不拿起。他的晚饭只在家中喝各种精制的鸭粥、鸡粥、鱼粥等。

"杜家菜"由于两位著名学者的褒扬，在翻译家们的小圈子里颇有些名声，连外文所的副所长、《世界文学》主编陈冰夷先生也知道了。他开玩笑地对父亲说："我听说你夫人烹制的'杜家菜'风味独特，什么时候也请我品尝一下呀？"父亲含糊地回答："好哇，欢迎啊。"不过，他们也就是口头随意说说而已，那时候已经临近文化大革命，文人雅集也不得不小心谨慎了。陈冰夷先生最终还是未能够坐到那张红木圆桌前。

先父施咸荣在清华大学读书时，是钱锺书、杨绛夫妇的学生。几十年来，我家与钱家一直保持着很亲密的关系。母亲也时常做一些家常小菜让父亲或我们儿女送到钱家。钱先生是无锡人，他很喜欢吃母亲所做的苏锡风味菜肴。

1985 年的中秋节前，钱先生给爸爸打来一个电话，说是这年的中秋节要来我家做客，他们夫妇一起过来。那时候，钱锺书、杨绛夫妇忙于写作研究，不仅杜门谢客，更是绝少到他人家做客的。父亲喜吟吟将这个消息告诉了母亲，母亲足足花了一星期时间买菜与选料。她特意从一位高干家里借来了"特供证"，从特供商店买来了鸡鸭、活鱼等，刻意烹制了一桌苏锡风味的丰盛菜肴。我还记得，冷盘有醉虾、白斩鸡、熏鱼、油焖笋等，还有一个腊味大拼盘；热菜则有清蒸鳜鱼、炒鳝糊、八宝鸭子、冰糖肘子等。

那天的家宴，钱先生吃得颇为惬意，大快朵颐。他连称已经有多年未尝到真正的家乡菜了。吃到最后，他分明已经吃得很饱了，连连打着饱嗝，还忍不住伸出筷子去夹一块冰糖肘子肉。杨绛先生坐一旁，极其轻巧地用她的筷子一拨，警告地说："锺书啊，不能再吃啦，晚上又要闹胃疼啦。"钱先生嘿嘿憨笑一声，筷子略缩回一下，却仍然夹了一块瘦肉咀嚼着。他解嘲地嘟囔一句无锡话，好像是说我撑死也要做个饱死鬼！

钱先生是性情中人，有人批评他骄傲自负，其实他胸襟坦诚，一片纯真，为人毫无矫饰。我记得，他在席间与父亲顺口聊到乔伊斯的《菲灵根守灵夜》，父亲直言说他读了几遍也看不懂，钱先生哈哈大笑道："这才是老实人说老实话呢！跟你讲吧，我也看不懂呢！还有《尤利西斯》，谁能够真正读懂呀？"

席间很温馨融洽，充满了家庭的随意气氛。我们与钱、杨夫妇相处，好像面对自己的亲人，特别轻松投缘，有什么就说什么。杨绛先生亲切地问起付研在医院工作的状况，又问我是否还在坚持写作，都写什么题材。她夹起一块白斩鸡吃，又顺便问我母亲："对啦，你这白斩鸡怎么做得那么鲜嫩，诀窍在哪儿？"我母亲答，关键还是火候。这白斩鸡煮的时间不能太长，仅七八成熟就可以了，这样鸡汤就不能喝了。如果为了鸡汤好喝，再多煮一些时间，鸡肉就老了，也不会那么鲜嫩了。钱先生不住点头道，有道理！许多事情都是这样，不能两得啊！

那天饭后的席间还剩下了很多菜肴，父母便统统打包给钱、杨夫妇带走，他们也很高兴地拎着下楼，乘一辆接他俩的小汽车而去。

生活犹如那张红木圆桌旋转，那次家宴已经恍然过去三十一年了。先父病逝，钱先生病逝，今年五月杨绛先生也病逝，就在一月前家母也遽然病逝。斯人已逝，留下的只有记忆！

到了上世纪的80年代初，红木圆桌前又热闹了起来。

正是改革开放之始，人们迫切渴望打开窗户，认识斑斓复杂的当代世界，外国文学翻译事业也繁荣起来。红木圆桌又旋转了，家里纷纭往来着一批批的宾客，大都是翻译家们。

我还记得，有一次，上海译文出版社《外国文艺》主编汤永宽先生来，他转动着圆桌，带着颇为有趣的神情用上海话对母亲说："听说你们北京的红卫兵闹'破四旧'很厉害，这些家具还能够保存下来，真不容易啊！"母亲答道："我家没有受太大的冲击，咸荣单位里的大人物太多了，也就轮不到我们了。"我知道汤先生曾经带着上海出版局的工作组进驻《朝霞》编辑部，便问起其中几位编辑与作者的情况。我以前也读过《朝霞》杂志，对他们的名字挺熟悉的。汤永宽先生严肃地说："从调查的事实看，他们与"四人帮"是有密切关系。《朝霞》当然算张春桥那伙人影响下的帮派刊物！但对于那些犯错误的人，我们也不打算一棍子打死！最后的处理结果要由市委定。"在那天的饭局上，汤永宽先生还对在座的几位翻译家说，以后上海的《外国文艺》及译文出版社打算比较多地介绍外国当代文学的各个流派，请他们多多支持。父亲也说，译文出版社编的《现当代美国小说选》以及《现当代英国小说选》在读者们当中影响很大，以后还可以出一些当代外国作家的作品，他特地推荐了英国作家苏珊·希尔的作品。

董衡巽先生，我家的老朋友，外国文学研究所研究美国文学的研究员，颇有学者风度，平时聊天时诙谐幽默，思想活跃，还时常模仿各类人物的神姿及言语，逗得我们捧腹大笑。外国文学所《世界文学》的主编李文俊先生及张佩芬阿姨也是我家常客。李文俊先生极风趣，与张佩芬阿姨的快人快语恰成鲜明对照。他们夫妇也是南方人，对母亲烹制的苏锡风味菜肴很欣赏。有时候，他们在筵席索性就用上海话对谈，使得席间氛围更为欢乐融合。去年，我读到了李文俊先生在《文汇报》上写的文章《天末怀咸荣》，缅怀他们夫妇与先父之间的友情。

董乐山先生及梅绍武、屠珍夫妇曾是先父好友，后来又成为中国社科院美国研究所同事，也是那张红木圆桌的常客。董乐山先生风神倜傥，清高傲世，可他由于长期在新华社工作，又交游广泛，博闻多识，交谈时常常流露出讽世讥刺的锋芒，听他在饭桌上闲谈亦是一快事。梅绍武先生是梅兰芳大师的公子，颇具世家子弟的矜持风落。他在筵席上有一习惯，举筷子只夹眼前的那盘菜，绝不抬胳胳膊伸筷子再去夹稍远的几盘菜。父母发现他的这个特点，便时不时旋转桌面，尽量使他能够多吃到几个菜肴。他一口标准的京腔，谈笑风生，儒雅潇洒，言语间也是意趣横生。十多年前，在纪念先父的一次座谈会上，梅绍武先生还颇感伤地回忆起往事。当年美国所的人们给董乐山、梅绍武及先父起了"三剑客"的绰号，因为他们是共同切磋学问、同来同往的三个好友，常常在一起相聚。

"三剑客"的饭局还经常顺带邀请冯亦代老人，他也是父母的挚友，其夫人是母亲在全国总工会的亲密同事。冯亦代老先生犹如龚自珍诗云："亦狂亦侠亦温文"，是一个很有性情的老人。他直率敢言，思想开放，在文艺界颇有名望。老人常常在饭桌上聊起文艺界的名流轶事琐闻。一次，席间，他很郑重地邀约我给《读书》杂志写稿，并且希望我帮他多联络思想活跃的年轻朋友也来投稿。他蹙着眉头说："我不想把《读书》办成一个纯学术性的刊物，而是更想把它办成一个有思想锋芒、有朝气的杂志。"

那时候，还有很多出版社的编辑也曾经是"先生的餐桌"常客，有漓江出版社的刘硕良先生，译林出版社的李景端先生，上海文艺出版社的金子信先生，等等。

岁月倏忽，世事迁流，过去坐在那红木前的一批先生们，很多已经作古，仍然健在的一批老人也已两鬓如霜，他们与我家的情谊却依然长存。比如，先父病逝后，译林出版社就始终与母亲保持亲密联系，王理行先生特地撰写悼文，李景端先生组织名流学者8人于2004年11月在商务印书馆召开了"施咸荣翻译学术研讨会"。那次研讨会上，很多老学者们都回忆起当年在我家中宾朋聚宴、文人雅集的情景。

先父一直关注着中国当代文学。他在清华大学读书期间，英文程度已达到可在《密勒氏评论报》发表长篇文章的水平。他虽是外文系的学生，却花更多时间选修中国当代文学课。那时的中文系主任李广田先生很欣赏他，还建议他转系。父亲婉谢了，他苦读中文是为了立志于从事外国文学翻译。分配到人民文学出版社后，他曾经在原稿整理科工作一年，处理过很多当代著名作家的稿件。父亲回到外国文学编辑部后，仍然对中国当代文学创作保持着浓厚兴趣，与龙世辉等编辑有密切交往，家里收藏着几乎大多数当代文学重要作品。这后来对我来说，真是受益匪浅。

八十年代初，父亲与当代著名作家冯骥才保持一段时期交往，与朱春雨先生也有着密切联系。后来，经过我介绍，他又结识了著名作家陈建功老师。先父对陈建功老师的作品最欣赏，称赞说其作品有着浓厚的京味儿，颇有老舍之风。父亲年轻时最喜欢老舍小说和剧本，曾经精读了老舍的全部作品。以后，他又特地拿了一些当代青年作家的作品送去给钱锺书、杨绛夫妇阅读，说是这些作品已经不亚于二三十年代那些现代文学经典作品了。钱先生也很高兴地说，是啊，如此的创作势头保持下去，中国的文艺复兴时代来临还是可期待的！

1986 年 7 月 26 日下午，陈建功老师带几位作家到我家里，有当时任作协书记处书记的乌热尔图、《十月》杂志副主编郑万隆，以及评论家何志云、摄影家包坤。他们请父亲谈一谈外国文学的新潮流及代表性作家与作品。父亲向他们介绍了西方文学中新兴的"试验现实主义"，认为其特色是现实主义与现代主义结合，尤其注重描写心理现实。此外，他特别提醒这些年轻作家，中国改革开放后经济肯定会有迅速发展，电视机就会普及每个家庭，影视文学必定崛起，作家们要注重推进通俗文学的繁荣发展。

那天谈话气氛很融洽，几位作家时不时提出问题。我记得，乌热尔图老师专门问起了拉美的魔幻现实主义文学的有关问题，郑万隆老师则对西方文化中通俗文学的现状很感兴趣，也问了一些问题。

那天晚上，父亲留这些作家们在家中吃了一顿便饭。他兴致勃勃拿出了珍藏的英国威士忌酒，那张红木圆桌旁围坐了几位青年作家，席间笑语欢声不断。母亲做了几个南方风味的拿手菜，有醉鸡、腌肉和红烧划水等。何志云君是杭州人，他连声赞道，多年未吃到如此绝佳的家乡菜了。郑万隆先生则对威士忌酒更为称赏，喝了一杯后又加了一杯，说是从来未喝到过如此醇厚的好酒。筵席中，乌热尔图先生还特邀父亲为在京的少数民族作家班的学员们开一次外国文学讲座，父亲欣然接受了邀请。

这一次聚会，父亲与一批青年作家们更接近了。他最为信任与赞赏陈建功老师，嘱咐我今后要多多向陈建功老师求教。以后，我的第一部长篇小说《歌与哭》出版时就是请陈建功老师写的序言。先父病逝后，陈建功老师每年春节都来探望我母亲，这份珍贵的情谊永远铭刻在我的记忆里。那次聚会，也给其他朋友们留下深刻印象。2003 年我获得《十月》文学奖，到编辑部领奖时，又见到了郑万隆老师，虽然往事已经过去二十余年，他仍然对当时的情景未能忘怀。他很感慨地对我说："还记得那回在你家的聚会吗？不光是吃了一顿饭啊，也使我们得到了很多教益啊！我就是从那时起，下决心搞影视文学的！"

先父在1993年病逝。我家也就不复有文人雅集、宾客如云的热闹景象了，顿时冷清了许多。母亲将圆桌放到了客厅的墙角，"先生的餐桌"也就闲置了。

直到2003年，台湾著名作家陈若曦来京，到我家做客，母亲又把那张红木圆桌搬回了客厅中央。陈若曦是先父的朋友，1984年父亲作为福布赖特基金的访问学者，在伯克利讲学时结识了陈若曦。那一年春节，陈若曦还特地将父亲接到她家中吃火锅。父亲逝世后，我又与她保持了很久的通信联系，还曾经在她香港的家里晤面。

陈若曦来我家做客，我们还邀请了陈建功、刘恒作陪。可惜建功老师去外地出差，未能参加聚会，刘恒老师则应邀前来。陈若曦与刘恒初次见面，是她特意向我提出的。她说，在香港时就读过刘恒的小说，对他的"新写实主义"

很感兴趣，后来看到《秋菊打官司》的影片，得知刘恒是编剧，激赏刘恒的文学创作才华，希望能够见一面。我与刘恒是朋友，便特地邀请他来了。陈若曦与刘恒相谈甚欢，问他如今是否还写小说，刘恒坦诚稳重地说，他当前主要的兴趣多在影视文学剧本上，也对话剧有浓厚兴趣，以后倘有合适的小说题材还是会写的。陈若曦还问了他一些国内演艺界名人的琐闻，刘恒中肯地尽其所知做了回答，还澄清了坊间的某些无稽传言。

晚餐时，母亲抱着病羸之身亲自下厨做了几样拿手菜，有白斩鸡、八宝鸭、清蒸武昌鱼等。陈若曦对清蒸武昌鱼赞不绝口，说武昌鱼虽然刺多可肉质细嫩，她最喜欢吃。她还回忆，说自己"文革"间与段先生回归内地，曾经在南京的华东水利学院任教，那时经常买武昌鱼吃。后来他们举家赴海外，可以吃到各类的海鱼，却难以吃到武昌鱼了。母亲还特地介绍了清蒸武昌鱼的烹调法，说清蒸武昌鱼最重要的是掌握火候，要严格地控制时间，蒸的时间若短，没有蒸熟；时间太长，则鱼肉老了，鲜味尽失。

这次家宴，宾主尽欢。尤其陈若曦是快人快语的性格，爽朗的言语，风趣的话题引得举座笑个不停。以后，我与妻子还多次接待过陈若曦，可由于母亲卧病在床，我们只能够在外面的餐馆请客了。

　　写作此文的半月前，陈若曦又到北京参加全国作协九次代表大会。她特地邀请我与妻子及妹妹，共同到她下榻的北京饭店吃了一顿便餐。这也是母亲遽然病逝十多天后，她借此向我们全家表示对家母的悼亡之情。

　　　　　　　　　　　　2016 年 12 月 20 日

后记

在中国现代散文作家中，写饮食文化随笔最为精湛的，有周作人与梁实秋两位著名作家。周作人的《知堂谈吃》散文集，由钟叔河先生选编，深受广大读者喜爱。此书的文化价值，就在于编者所言："重要的并不在吃，而在于谈吃亦对待现实生活时的那种气质和态度。"其实，梁实秋先生的《雅舍谈吃》的独特价值也在于此，也就是作者谈饮食文化的过程中，所寄托的那一份思故土、怀故人的深挚情感。这两本书，都是我很喜欢的。时读时新，时读时有味。虽然，从中体验的仅仅是"耳食"与"目食"的心理效果，但更多的却是对"世味"的品尝。

而在当代写饮食文化随笔的作家中，我比较钦服的是赵珩先生。他的两部随笔集《老饕漫笔》与《老饕续笔》，写口腹之物，记风物人情，述历史掌故，文笔典雅，情致隽永，可说是有着独特风格的散文作品，我也很喜欢读。我在此书里,有多篇文章引用他的作品,亦在此向赵先生遥致敬意。

还有,饮食烹饪文化史专家邱庞同先生所著的《饮食杂俎》,也使我颇受教益。书中丰富的史料,详尽的考证,让我从中得到关于古代饮食烹饪史的一些粗浅知识,这里也向邱先生表示感谢。

国学大师钱穆先生曾经撰文认为,中国文化中饮膳为世界之冠,世所公认。但其中却有着另一番情味,与中国传统文化艺术中的美术、戏剧、音乐有着相通之处,"使人生果得多情多味",又称为品味。"故中国人生,乃特以情味深厚而陶冶人之品格德性,为求一至善尽善之理想而注意缔造一高级人品来,此为中国文化传统一大特点。"所以,赏菊,食蟹,品茗,饮酒,吟诗,这是古代士大夫文人们的美学品味,从中可得一种艺术通感。而且,其中亦可寻觅某种蕴藉含蓄的艺术意境与文化氛围。

在西方文人看来,这是难以理解的。

从西方观念看来,饮食烹饪应当归于科学范畴,所以,他们更多的是把化学的分析研究引入食物构成、调味混合之中,也更加注重那些食品对人体是否有益无害。这种饮食观当然也值得我们汲取。但是,中西方的饮食观是有差异的。我在《小笼汤包之研究》一文写到了这个问题。美国人克里斯托弗·卡维什对上海小笼汤包可说是情有所钟，并进行了一系列的分析研究，被美国记者戏称为"有史以来最书呆子气的美食指南"。但是，他所褒奖的卖小笼汤包最佳饭店"尊客来"的员工们却感到厌烦，他们并不认为卡维什是其"知味"者，双方难以沟通。

关键就在于，中西方之间的"知味观"是大相径庭的。

《中庸》云："人莫不饮食，鲜能知味。"这个"味"，其实也是品味，或可说是文化品味。所以品味并不单指口舌之味，更多包含了难以共享的情味。由于中西方人们的文化背景不同，其口味体验也就不尽相同。

我写一些饮食文化的随笔，也不过十年光景。开始是给《深圳特区报》写，拉拉杂杂写了十几篇，其中的几篇如《北京的饭馆》《野蔬食趣》等却受到读者的关注，还被一些网站转载。以后，这些文章又被收入我的随笔集《前思后量》里，在中国青年出版社出版，书中与谈民俗文化的一些文章汇为一辑，谓之"知味知音"，这多少也是有点儿自夸，我哪里算得上什么"知味"之人？

伊尹言："味之精微，口不能言。"知味也就是品味，

二七九

也就是审美价值观。

其实，不仅中西方文化的品味不同，我们各自的品味也有所不同，其细微精妙处，确实是奇妙难言的，很难有统一认知。我自己的品味也说不上什么"知味"，不过是个"真俗人也"。不过，我却不顾自己的学识浅陋与品味不高，以后仍然又写了许多篇谈饮食文化的文章，发表在《北京日报》《文汇报》及《海内与海外》杂志上。其中《吃的风度》一文得到新闻媒体重视，被不少报刊与网站转载，其文之片段甚至被收入高考试题的参考资料里，这是既让我感到欣慰也觉得惶愧的。

前些时候，我的女儿施苹苹建议，可将这些谈饮食文化的小文汇为一集，再补写些文章，凑成一本书。我就在创作长篇小说的间隙中，又陆续写了几篇"食话"类的文章。这些饮食文化的随笔，信笔拈来，随心所欲，难免有芜杂之嫌，记忆中也可能有错讹，还望读者们多多给予指教。

顺便还要感谢一些报刊编辑们，比如《海内与海外》的编辑朱克石、《深圳特区报》的原编辑安裴智、《北京日报》的编辑李培禹、陈戎、彭俐，《文汇报》的编辑周毅等许多朋友。正是在他们的鼓励与帮助下，我才有创作动力写下这些小文，也才可能有此书的产生。尤其是感谢刘茁松兄，他一直关怀着我的创作，曾经帮助我出版了长篇小说《胡同》，如今在这部谈美食的散文集上又花费了很多心血，他的友情也是我写作事业的支撑之一。

2016 年 3 月 8 日于白云路寓所